威廉·温顿

科幻系列

无人能解之谜

Luridiumstyven

[挪威] 博比·皮尔斯 著
BOBBIE PEERS
李菁菁 译

人民文学出版社
PEOPLE'S LITERATURE PUBLISHING HOUSE

著作权合同登记:图字 01-2017-4491 号

图书在版编目(CIP)数据

无人能解之谜/(挪)博比·皮尔斯著;李菁菁译.
—北京:人民文学出版社,2017
(威廉·温顿科幻系列)
ISBN 978-7-02-012775-7

Ⅰ.①无… Ⅱ.①博… ②李… Ⅲ.①科学幻想小说
-挪威-现代 Ⅳ.①I533.45

中国版本图书馆 CIP 数据核字(2017)第 100046 号

责任编辑 卜艳冰 王雪纯
装帧设计 李 佳

出版发行 人民文学出版社
社 址 北京市朝内大街 166 号
邮政编码 100705
网 址 http://www.rw-cn.com

印 制 上海盛通时代印刷有限公司
经 销 全国新华书店等

字 数 130 千字
开 本 890 毫米×1240 毫米 1/32
印 张 7.75
版 次 2019 年 3 月北京第 1 版
印 次 2019 年 5 月第 2 次印刷

书 号 978-7-02-012775-7
定 价 39.00 元

如有印装质量问题,请与本社图书销售中心调换。电话:010-65233595

伦敦，维多利亚车站

现在是早高峰时间。形形色色忙碌的人在车站来来往往。每个人看上去都在忙于自己的事情。没有人注意到，在车站的大厅里，有一个留着胡子、戴着圆形眼镜的人正在小跑通过。他怀里紧紧地抱着一个包裹，还时不时地回头看，仿佛有人在跟踪他。

这时，他被一个路人的行李箱绊了一下。他踉跄着走了几步，好不容易重新恢复身体的平衡，然后快步走进了通往地下站台的楼梯。

站台上，人满为患，仿佛是一个塞满了沙丁鱼的罐头。那个男人不得不挤过层层人群，来到站台最末尾。这时，一股微风从隧道中吹出。一辆火车驶来了。

在没有人注意的情况下，那个男人一下子跳上了铁轨。火车一边鸣笛，一边慢慢驶入站台。那个男人最后瞥了一眼站台，然后转身消失在漆黑的隧道里。

第一章　八年后，挪威的某处秘址

威廉趴在一张巨大的书桌上，正全神贯注地做自己的事情，所以当妈妈叫他时，他并没有听到。他抿着嘴巴，正在将最后一枚螺丝拧在一个如同中空卫生纸卷筒一般的金属圆筒上。这个圆筒分为几部分，上面分别刻着不同的字符和铭文。

威廉将这个金属圆筒对准灯光，仔细地研究。他拿起一张剪报，上面的一张照片里也有一个金属圆筒，和他手里的这个一样。

剪报上面还印着一行字：“无人能解之谜——全世界最难破解的密码——来到挪威了。你准备好了吗？”

“晚饭好了！”妈妈在楼下的厨房里大喊道。

威廉没有应声。在这个房间里，他听不到那么远传来的声音。因为房间的墙壁都被放满了书籍的书架覆盖着。这些书都是他们从外公那里继承下来的，而且外公严令他们不能把这些书丢掉。外公的书是从英国运过来的，一共有七大箱。威廉已经把它们全都读过了，而且每本书都至少看过两遍。

八年前，他们不得不逃离英国。八年前，他们搬进了这幢房子。也是在八年前，外公消失了。

现在，威廉和他的父母一起住在这个名叫挪威的国家，过着隐姓埋名的新生活。

“威廉·奥尔森！吃晚饭了！”

妈妈没有放弃，又喊了一遍。这一次，威廉听到了。妈妈叫他“奥尔森”。是的，威廉·奥尔森。他还是没法适应这个名字。他一直期待着有一天，有机会告诉大家他真正的名字：威廉·温顿。

八年过去了，他已经很久没有提过或是问过父母，八年前在伦敦究竟发生过什么事情。

现如今，他们为什么要改姓“奥尔森”，为什么要学习挪威语，为什么要住在这里？而外公又身在何处呢？

爸爸和妈妈早就打定主意，从来都不谈论这些。仿佛让一切包裹在秘密之中要比让别人知道真相好得多。威廉只依稀记得，当时他还很小，好像是发生了和车祸有关的事情。在那场车祸之后，爸爸就瘫痪了。

但是，事情不只是这样。当时还发生了一件特别严重的事情，导致他们一家人必须从地球上“消失”。于是，这个狭长而又不引人注目的国家，挪威，就变成了让他们可以“消失”于其中的完美选择。

妈妈又大喊了一次："吃晚饭了！"

威廉嘟囔了一句："我还有一点事没做完呢……"

终于，这次轮到爸爸大喊了，他咆哮着："威廉！吃晚饭了！"

威廉小心地拿起那个金属圆筒，感到上面的每一部分都精致而完美。突然，他的房门被打开了，他小心地闪到一边。他的房门边放了一大摞的书，门一开，这些书被撞倒，散落在房间里。其中一本书砸到了他手里的金属圆筒，使它摔落在地上。当爸爸的电动轮椅进到房间里时，一下子压到了它。威廉赶忙弯下腰，将它拾起来，惊恐地检查着这个金属圆筒。爸爸的电动轮椅虽然紧急刹车，但还是将它压碎了一小块。有一个电子零件被压坏了，一小股烟雾从轮椅下的那片残骸中升起。爸爸坐在轮椅上，眉头紧皱，看上去生气极了。"你又要开始造反了吗？我来看看你究竟在做什么！"爸爸一边皱着眉头说道，一边用奇怪的眼神看着威廉，而威廉则将手盖在了书桌上的那张剪报上。

然后，爸爸严肃地说："晚饭已经做好了，现在，过来吃饭！"说完，他将电动轮椅倒退，离开了威廉的房间。离开时，轮椅又撞上了几次地板上的书。

威廉一直等到爸爸下了楼，才松了一口气。他做了次深呼吸。刚才真是太惊险了。

不过，爸爸没有发现什么吧？威廉确信自己刚刚在爸爸进到房间里之前就已经把那张剪报藏了起来。他又重新拿起金属圆筒，仔细地看了看。圆筒的一侧凹了下去。他轻轻地摇了摇圆筒。

“不知道还可以吗？”他有些恼怒地看着自己房门内侧的那条巨大锁链。怎么会忘记把门锁上呢？每当他在房间里研究密码的时候，总会将门锁好的啊。

威廉转身来到书桌前，将剪报和金属圆筒重新放回一个抽屉里。

他站在书桌前，盯着抽屉里另外的东西。有一条他自己打造的金属手臂，一个金属的3D拼图，一个普通的魔方，还有一块很小的U形蹄铁，几把小螺丝刀和几把钳子。

他将抽屉锁好，把钥匙藏在了地板的一个裂缝中。然后，他又环顾了一下房间，确认自己将一切都隐藏好了。

出于某种原因，威廉的爸爸十分痛恨密码。他一直希望威廉能够像其他普通的孩子那样，踢踢足球、玩玩士兵游戏什么的。而且看起来爸爸甚至有些害怕密码，尤其是害怕威廉会对破解密码产生兴趣。现在，爸爸甚至会将报纸上的填字游戏板块剪掉，扔进壁炉里烧掉。

正因如此，威廉才会开始锁上自己的房门。这样，爸爸才不会发现他藏在房间里的秘密。

但是，爸爸不知道威廉的感受究竟是什么样的。

威廉常常会感到自己身边的一切都是密码。任何东西都可以变成一个密码。一个花园、一幢房子，还有电视节目、阅读的书籍。在威廉眼中，一切都像是谜题。这是他大脑中的感觉。每当他看到一棵大树或是一张壁纸上的图案时，他的大脑就会不由自主地产生密码的意识。有时，他会感到自己眼前的东西正在被解码，以至于他可以看清每一个部分的连接与归属。

从威廉记事开始，他就拥有了这种感觉。这也常常让他陷入麻烦。所以，他更愿意待在自己的世界里。他最喜欢待在自己的房间里，将房门锁好。在这里，他能够掌控好一切。

威廉静静地站在书桌前，盯着这张巨大的书桌。

这是外公的书桌。桌面是用乌木制成的。乌木是全世界最坚硬的木材之一。书桌的每只脚都雕刻着恶魔般的面孔，它们面目狰狞，吐着舌头。当威廉还是个小孩的时候，特别害怕这张书桌。但是随着年龄的增长，他对这张书桌由害怕转为了好奇。

这张书桌上面布满了各种奇怪的图案。妈妈说，这都是“外公的大作”。威廉幻想着，这些应该都是外公留下的秘密信息，毕竟，外公可是当时世界上最优秀的密码学家之一。但是威廉到现在也没有破解出这些图案的含义。他希望有一天能够理解它们，明白外公写的究竟是什么，以及写下它们的原因。

妈妈又喊了一句：“我们要吃晚饭了！”

威廉回答说：“我马上来！”

然后，他三两步就走出了房间。

第二章

妈妈问："你不饿吗？"

威廉说："不是很饿。"然后，他将盘子推到了一边。

爸爸咽下口中的食物，然后说："你坐得太久了。我像你这么大的时候，从来都坐不住。我们会踢足球，爬树，到处跑。看看你现在的样子，瘦得像根竹竿①似的！"

威廉试着不去理会爸爸的话。他知道，爸爸其实说得对。他确实瘦得跟竹竿似的，但其实比看上去的要强壮得多。他一直都很结实。他们班上没有人做俯卧撑比他做得多。连体育老师都比不过他。

威廉低头看了一眼一旁放着的一摞报纸，以及爸爸身边摆着的一把剪刀。爸爸现在不光把填字游戏的内容剪掉，还把上一版的一则广告剪掉了——关于在科学历史博物馆举办的"无人能解之谜"展览。爸爸希望威廉尽量远离这些东西。

而爸爸不知道的是，威廉他们学校已经安排了去参观

---

① 译者注：原文为"你瘦得就像是一把船桨"，考虑中国读者理解，翻译为竹竿。

这个展览的班级活动。妈妈说过，如果威廉保证不和爸爸说什么的话，他就可以参加这次活动。而且他必须保证不能碰展览上的任何东西。妈妈好像很清楚这件事对威廉来说意味着什么。她好像能够了解威廉在破解出别人无法解开的密码时身体里的那种兴奋的感觉，以及当威廉第一次听说关于这个展览的消息时就梦想着能够去看看的渴望。

威廉低着头问："我可以离开餐桌了吗？"

爸爸说："不，你不能走。"

威廉的父母彼此看了一眼，一言不发。现在，是时候把一些事情告诉威廉了。

爸爸和妈妈又互相看了一眼，然后，爸爸吃完嘴里的食物，又清了一下嗓子。

"威廉，我们决定把家里的书都搬出去。"

威廉眨了眨眼，他好像没有听明白爸爸说的话。

妈妈接着说："我们已经有八年没有听到过任何关于外公的消息了。他的那些书太占地方了。而且，爸爸的轮椅经常会撞上书架，很不方便。"

威廉立刻站起来大喊："不！"他生气地拍了一下桌子，桌上的玻璃杯都被震动了。他赶忙将玻璃杯放好。他不喜欢发脾气，于是咬紧了牙关。

“对不起。”说完，他重新坐下。

妈妈一边看着爸爸，一边说：“我们知道这些书对你来说很重要。但是你看看咱们家里，至少有一百万本书。不管我们当时是如何答应外公的，总会有更重要的事情需要做。我们必须在这里尽可能正常地生活。”

威廉没有说话。他只是盯着桌面，摇了摇头。

爸爸严肃地说：“你可以整理出几本你想留下来的书，其他的必须清理掉。”然后，他将轮椅倒退着离开餐桌。在离去的路上，他经过了一条很窄的路，两边都是摇摇欲坠的书架，看上去十分危险。

妈妈注视着威廉。

“爸爸不是在发脾气。这里的一切对他而言都太沉重了，他住在这里，没有办法工作。其实，他真的很怀念他在伦敦的工作。他在这里过得很憋屈。还有你和学校的各种问题。”说完，妈妈叹了一口气。

威廉一听到关于学校的事情就感到十分厌烦。他其实在学校过得还可以，但是学校里的年级主任，汉博格先生，总是找他麻烦。他会给威廉家里打电话，告诉他的父母他又在学校里做了“可怕的事情”，所以爸爸和妈妈才会这么担心。但是威廉知道汉博格先生为什么这么讨厌他。在一年级的时候，威廉的成绩非常好，曾经在汉博格先生的数学课上指出过他的错误。在一年级期末放暑假的前一天，汉博格先生把威廉叫到一边，对他说，等他放完暑假回来之后，上课不准再举手了。

威廉当然没有这么做。因此，整个二年级就变成了一场他和汉博格先生之间的漫长战争。不过，在威廉长大之后，他不再关心汉博格先生犯的错误，也开始不再在课堂上发言了。

但是，他们之间的梁子算是结下了。

妈妈小心地说："汉博格先生今天打电话来告诉我学校里发生的事情。我还没有和你爸爸说。"

汉博格先生会打电话和父母说今天学校里发生的事情，这并不让威廉意外。汉博格先生在打电话的时候，学校里的喷水器肯定还在不断地往外喷水。威廉能够想象出那幅画面：汉博格先生坐在教师休息室里，抱着自己的大肚子，而学校里的其他人则在试图将自己从这场水灾中拯救出来。

威廉说："这不只是我一个人的错。我其实是想帮忙的。那个喷水器坏了。"

妈妈说："可是你把整个学校都淹了……"妈妈有点想笑，但是又不得不忍住，重新严肃起来。

"威廉，我真的不知道该拿你怎么办了。有的时候，你真的很像你外公。"妈妈说完又叹了一口气。

妈妈站起身，开始收拾餐桌。她一边收拾盘子，一边说：“这一点都不好笑。”

她穿过两个巨大书架，走到水槽边。威廉也站了起来。

妈妈说：“汉博格先生很担心明天的活动。我也一样。这种隐姓埋名的生活对我们来说已经很艰难了，我们不能引起任何人的注意。你是知道的。”

威廉没有回答妈妈的话。

妈妈严肃地说：“威廉，看着我。”

威廉转过身，看着妈妈。

她对着威廉祈祷：“向我保证，你明天一定要守规矩！我们不能引起别人的注意！”

威廉知道要让自己远离“无人能解之谜”展览是很困难的一件事，但是他也知道，不能做任何会暴露自己家的事情。

他感到肚子里面有针刺的感觉，然后对妈妈说：“我保证。”

第三章

威廉静静地站在路边。天上在下雪。一切都被白雪覆盖着。他瞥了一眼班上的其他同学，他们都在等待公交车送大家去往科学历史博物馆。所有人都很开心，因为可以离开学校一整天。

公交车停在他们的面前，车喇叭发出了响亮的声音。车门打开，大家都排着队开始上车。

威廉跟着人流上了车。他坐在车厢里的最后一排。在这里，他能够清楚地看到班上的其他人，包括汉博格先生。

一个微弱的声音突然响起："你昨天用喷水器做的事情真是太酷了！"

威廉环顾四周，看到了同样坐在最后一排的埃利特。在学校里，埃利特总是被别人欺负。现在，他正蜷缩在座位上，瞧着威廉。

埃利特大部分的时间都待在"低处"。威廉转过头去，望着窗外。他现在没有心情和任何人交谈。经过昨天和父母的谈话，他一直觉得肚子不舒服。他们真的会把外公的书都丢掉吗？这时，公交车开动了。

威廉将手放进口袋里，拿出一张纸。

这是关于“无人能解之谜”展览广告的剪报。他看着上面的黑体大字：全世界最难以破解的密码来到挪威了。虽然已经看过这张剪报不下一百次了，威廉还是又看了一遍。他看着图片里那个神秘的金属圆筒。它是由全世界最优秀的密码学家花费了超过三年时间制作而成的，是全世界最难以破解的密码。它是一个几乎不可能破解开的密码。之前，曾经有一些世界知名的密码破译者尝试过解开它，但都徒劳而返。现在，它来到了挪威。很快，威廉就可以亲眼看到它了。他已经等不及了。明天，它会被送到芬兰继续展览。如果今天见不到它的话，他就再也没有机会看到它了。

威廉闭上眼睛，将脑袋靠在椅背上。今天将成为他生命中最美好的一天。只不过，他不能屈服于诱惑。他可以看到那个密码，却不能触碰它……

这时，一个嘶哑的声音从旁边传来：“威廉，我希望你能够明白，你的好运气已经全部用光了！”

威廉睁开眼睛，抬头看了一眼汉博格先生。

汉博格先生接着说：“昨天发生的事情，其实是一次漏水事件。”

埃利特笑了出来："你说是漏水事件。"但是，汉博格先生狠狠地瞪了他一眼，他就把嘴闭上了。汉博格先生对他说："闭上你的嘴，红毛小子！"然后，他伸出毛茸茸的食指，冲着威廉威胁地挥了挥。

之后，他冲着威廉低声咆哮道："我昨天已经和你的母亲谈过了，她知道你就要被开除了。"

突然，公交车剧烈地晃动了一下。汉博格先生一下子摔倒在地，倒在车厢的过道中。

随着公交车的左右晃动，汉博格先生躺在地上滚来滚去。有的学生在欢呼，有的则探出脑袋观看。公交车的车速慢下来，停靠在了路边。

司机用喇叭说："请大家不要担心，只是车胎被扎了一下而已。"

汉博格先生抬起头，像一只小老鼠似的看了看周围，然后爬起来。

他用粗壮的声音大声说："没有危险了，大家不要慌张！"

司机已经下车去查看公交车的右前轮了。汉博格先生走到车头，拿起麦克风。

"请大家保持冷静，我们能够处理现在的问题，用不了多少时间。我们马上就会重新上路，大家都在自己的座位上坐好。”然后，他把麦克风放下，也跳下了公交车。

埃利特问：“你觉得我们还能赶得上展览吗？”

威廉说：“希望吧。”然后，他有些担心地看着汉博格先生和司机，他们正弯着腰站在一起。

两个小时后，公交车终于可以重新上路了。汉博格先生坐在威廉前面几排的座位上，浑身脏兮兮的。他和司机花了很久的时间才把备胎换好。看上去，这是这两个人头一次做这样的事情，因为他们先花了一个小时的时间才找到备胎。威廉提出过想要帮忙，但是他只得到了一个回到自己座位上的回答，因为“这是大人做的事”。现在已经是下午一点一刻了。威廉有一种很不好的感觉。

在博物馆外，一个身材高大、看上去有些紧张的女士接待了他们。她的鼻子像西红柿一样红，浑身都在颤抖。她走路时有些蹦蹦跳跳的，看起来是为了取暖，而汉博格先生则在不停地让班上的同学保持安静。当大家停止了喧闹，这个女士开始用低沉的声音介绍说：“你们好，欢迎大家来科学历史博物馆度过愉快的一天。我叫埃德娜，是你们今天的向导。”她有些紧张地点了点头，接着说：“你们是今天的最后一批访客，因为时间有些晚了，所以‘无人能解之谜’展览已经结束了。不过，你们可以游览博物馆的其他部分。”威廉一下子僵住了。他觉得这不是真的。他们真的来晚了。

埃德娜说：“因为你们今天来不及看‘无人能解之谜’展览，所以我们可以直接去‘知识拼图游戏’那里参观。在你们正前方的门里，可以找到用来回答的问卷。大家最好两人一组。”

几秒钟之后，所有人都被分好了组。只有威廉还站在原地，一动不动。他被失望之情淹没了。

汉博格先生在他身后喊：“你和埃利特分在一组。”

分组后，全班解散，按照小组开始活动。

汉博格先生接着说：“威廉，快跟上，我们可没有一整天的时间。”

埃利特站在威廉身边，他看上去很满意自己的小组伙伴。他的耳朵一抖一抖的。

他小声地在威廉耳边说：“我们肯定会赢的。你是最擅长这些的，你什么都知道。”

威廉点了点头。他感到怒火正从胸中燃起。

拼图游戏？他绝不会玩这种游戏。他今天来这里是为了看“无人能解之谜”展览的。

埃德娜对大家说：“我们一个小时后在出口见。”说完，她打开了博物馆的橡木大门。

全班同学蜂拥着冲上楼梯。一个女孩不小心撞了埃德娜一下，埃德娜一屁股摔在了楼梯上。汉博格先生就在她旁边，于是她伸出手臂，希望能够被拉起来。但是汉博格先生迅速从她身边走了过去。

他大声吼叫着："大家不要跑！慢慢走！"然后，他也跟着大家走进了博物馆，没有再多看埃德娜一眼。

威廉停在埃德娜面前，把她拉了起来。

她说："谢谢。"然后掸了掸裙子。

威廉冲着她微笑着说："不客气。"

他犹豫了一下，站着没有离开。

威廉问："'无人能解之谜'展览真的已经全部结束了吗？"

"那里现在人太多了。不能再放更多的人进去参观了。我们必须遵守消防条例。"

威廉点点头，跟着大家走进了博物馆的大门。

埃利特正站在一个关于海洋的展品旁。他被那个展品震撼了，惊叹着："哇，这实在是太酷了。"

威廉站在他身边，而他的心已经飞到别的地方去了。他看到不远处的楼梯旁有两个男人正在把一幅海报撕下来。海报上面印着"无人能解之谜——此处下楼"。

埃利特问："我们现在开始了吗？"他走到一张桌子

前，拿起了几张问卷。他递给威廉一支铅笔。“你来写!”威廉说：“那个，我得先去上个厕所!”然后，他瞟了一眼汉博格先生的位置。汉博格先生正忙着教育一个把手伸进蒸汽机的男孩。一个博物馆的保安也过去帮忙了。

威廉微微一笑。汉博格先生忙得不可开交，现在就是他跑去看“无人能解之谜”展览的最好时机。

第四章

威廉走下楼梯，停下脚步。入口处有两个身形巨大、穿着灰色制服的保安把守。整个大厅里挤满了人，仿佛鱼罐头一般。其中一个保安正在阻拦一个看起来气呼呼的、想要冲进去的小男孩。这个小男孩手里举着一张票，在保安的鼻子下方挥动着。

他大喊：“我已经买票了。你不能拒绝我参观，因为我已经买票了！”

“你应该早点过来。我们现在不能让更多人进去了。里面已经满员了。”

那个保安示意性地指了指他身后的人群。

小男孩接着说：“你看看我，我身高只有一米四九，体重只有五十公斤。没有人会注意我是进去还是出来的。”

另外一个保安坚定地说：“抱歉。”然后把手臂交叉放在胸前。

小男孩又继续站了几秒钟。威廉看着他皱着眉头，就像是一个小顽固。小男孩满脸通红，好像马上就要爆炸了。

之后，他转过身去，走上了楼梯。威廉向两个保安身边走去。

“打扰一下。”他让自己尽量看起来若无其事一些。

两个保安低头看着他。

威廉指了指里面，然后说：“我是和我们班同学一起来这里参观的。”

“你们班其他同学都在里面？”其中一个保安问道。

威廉说：“嗯，是的。”

“你有印章吗？”

威廉站在那里，正打算继续说点什么，这时，有个可怕的东西突然从空中飞来，撞在其中一个保安身上。

是刚才的那个小男孩，他大吼着：“让我进去！让我进去！让我进去！”他正双臂吊在一个保安的脖子上，打算骑到他的脑袋上，然后通过入口。

那个保安试图把这个小男孩甩下来，他转来转去，就像受到了黄蜂的攻击一样。

他大吼说：“把他给我弄下去！快把他给我弄下去！”

另外一个保安赶忙过来帮忙，他抓住那个小男孩的腿，想把他拉下去。但是那个小男孩就像是一只章鱼一样，紧紧地吸在了那个保安身上。

那个保安说：“豪瓦德，他比看上去要强壮得多啊。快去挠他的胳肢窝，说不定他就会松手了！”

于是，另外一个保安就挥舞着双臂说：“好的，司文！”

这时，又有几个保安过来帮忙。所有人都在看这场闹剧，没有人注意到威廉已经悄悄地溜进了入口。

威廉快步走进了一个被一大群人包围起来的房间。他感到自己全身都在颤抖。汉博格先生迟早会发现他不见了，而“无人能解之谜”展览则会是他来寻找的第一个地点。

一个声音通过扬声器传来：“现在，大家还有五分钟的时间可以来尝试破解这个全世界最难的密码了！很多人已经尝试过了，但是到现在为止，还没有一个人能够解开。”

威廉看了看周围。在房间一侧的墙边有一个巨大的显示屏，上面巨大的红色数字正在进行倒数计时。旁边的一个黑板上挂着一张“无人能解之谜”的巨幅海报。威廉冲到了前面。他没有想破解这个密码的计划。他只是想看看它。或者是在其他人尝试着解开它的时候，他可以在一旁观看。这一刻，他能够感到自己的脉搏在跳动，同时肾上腺素在喷发。

几分钟后，威廉终于冲过层层人群，来到了最前面，站到了一个很小的屏幕前。

在那个屏幕上面有一张桌子和一把椅子。在椅子上面坐着一个看上去四十多岁的男人。他有一头又长又亮的金发，仿佛是马尾巴一样。他正俯身在桌面上，摆弄着一个金属圆筒。有几滴汗水从他的前额流下。他一边屏住喘息，一边盯着墙上的电子显示屏。

这时，一位身穿紧身西服的男人因为紧张而在那张桌子的另外一边绊了一跤。威廉立刻看了他一眼。他曾经在电视上看到过他很多次。他叫卢多·克拉波特，是一个很有趣的配角演员。卢多·克拉波特将一个麦克风放在嘴边，看着电子屏，然后开始倒计时：

“十、九、八、七……”

很快，屋子里的人都跟着他一起倒计时。

看起来，那个长发男人已经快要晕过去了。

“五、四、三、二、一、时间到！”卢多大喊。

卢多对着那位大汗淋漓的男人说：“时间到。维克托·汉森，你解开这个密码了吗？”

维克托·汉森仔细地看了看“无人能解之谜”，然后羞愧地摇了摇头。

卢多高声说：“连维克托·汉森，这位全挪威智商最高的人都解不开‘无人能解之谜’。太遗憾了！”

突然，维克托·汉森站起身，拿过麦克风说：

“这是一个骗局！这是一个糟糕的玩笑！这个密码是不

可能解开的！”他脾气暴躁地吼道。

维克托·汉森将“无人能解之谜”高高举起，然后威胁性的将它在头顶晃动，看起来仿佛想把它砸了。

他大喊着：“这是一个垃圾！”

于是，两个身着制服的保安人员上前将维克托·汉森架走了，而“无人能解之谜”则被保安从他手中夺回，交到了卢多那里。

就在维克托·汉森被拉走的时候，他大喊：“我仍然是你们中最聪明的人！你们对我来说只不过是一群农民！我是最聪明的！”然后，大门在他身后被重新关上，屋里重新恢复了宁静。

卢多重新站在屏幕前，手中举着“无人能解之谜”。他面前聚起了一群人。

有人说：“这真的是一个骗局吗？”

另一个人说：“肯定是！”

卢多挥舞着双臂否认道：“不，不是的！”

又有一个人说：“那你证明一下！再找一个人试试！”

卢多紧张地看了一眼旁边。一位戴着眼镜，看上去极为严肃的女士站在屏幕旁。她冲着他点了点头。

于是，卢多说：“好吧，最后一次。时间已经不多了。还有谁想试试？”说完，他用手背擦掉了脸上的汗水。

屋子里一下子安静了下来。有的人在嘟囔，还有的人在摇头。

卢多又问了一次："没有人吗？"

突然，一个人高声说："威廉！"

威廉转过身，看到汉博格先生正穿过人群朝他走来，还用手指着站在屏幕旁边的威廉。

一时间，所有人都看着威廉。

这时，一个声音说："好吧，就让他试试吧。"

那是卢多·克拉波特的声音。他正怀疑地看着威廉。

他朝着威廉挥挥手，说："一个小孩？为什么不试试呢？谁又知道他行不行呢？"

汉博格先生大喊："不，等等！我叫他不是这个意思……"

现在已经太迟了。卢多已经把威廉一把抓上了台，将"无人能解之谜"放到了他手里。威廉看着手中光亮的金属圆筒，简直不能相信自己的眼睛。

汉博格先生说："噢，不……"他想要冲到前面去，但是被别人拽住了。

卢多看着威廉。

"你想试试吗？全世界最聪明的人都失败了啊。"

威廉摇了摇头，说："不，我不……"

卢多微笑着说："哈哈，来吧。试试又不会少块肉。"

他转身面对着观众，然后伸出了食指。

"你们觉得呢？你们说他该不该试试？"

人群中爆发出一阵掌声。威廉低头看着"无人能解之谜"。

他从来都没有见过这个金属圆筒上的图案。它们既不是字母，也不是数字。但是他感到了一种变化。就像之前那样。他的肚子里好像有什么温暖的东西在响动。之后，它们开始逐渐蔓延到他的胸腔、手掌和头部。仿佛一切都在自发地变化。威廉想停下这种变化，但是已经太晚了。

现在，那个金属圆筒上的各个部分好像一下子活了起来，开始发生变化。有些部分变得更小了，有些部分则改变了颜色。其中一些部分开始发光，还有一些部分开始变得黑暗，仿佛消失了一般。金属圆筒上面的图案散落下来，如蝴蝶一般在威廉的脑海中飞舞。他的目光追随着它们的变化。他的双手也开始工作，双手关节不断地旋转、弯曲、扭动，手指越动越快、越动越快。咔、咔、咔……

时间和空间仿佛消失了一般。

威廉还没有反应过来，整个会场里已经爆发出了如潮的欢呼声，声音大得几乎要把房顶掀翻了。威廉被拉到一旁，他看着自己手中的"无人能解之谜"。那个金属圆筒已经不一样了，现在，它被分成了两个部分。在其中一部分的一边上面贴着一块很小的铜板，上面刻写三个字“祝贺你!”

威廉一句话都说不出来，他站在那里，盯着手中被他解开的金属圆筒。他睁着眼睛，但他的大脑拒绝相信他看到的一切。他在想，我已经把它弄坏了。我不可能解开它……我一定是把它弄坏了。他看着身边的卢多·克拉波特，他也一言不发地站着。然后，他又看了看汉博格先生，他双头抱着头，蹲在屏前的地板上。

威廉试图将这两部分重新拼在一起。但是他做不到。他试了一次又一次。

它肯定是坏了！它一定是坏了！

第五章

这是一间很小的办公室。

威廉正坐在博物馆馆长面前的椅子上，而博物馆馆长正在研究“无人能解之谜”。

威廉看了看窗外，外面全是记者和其他充满了好奇心的人，他们现在都聚在博物馆外面的街道上。威廉收回目光，看着博物馆馆长。博物馆馆长正在看“无人能解之谜”。他拿起一面放大镜，把它贴近自己的脸部，仔细地研究着。

“嗯……嗯，”他嘟囔着说，“这看上去不像是被弄断的。”他透过眼镜的边框，朝威廉投去了一个充满审视意味的眼神。

威廉低头看着地板，每当做错事的时候，他都会这样。他这次又犯错了。他之前向妈妈保证过的，什么都不碰。

“我们必须通知媒体，这一定会引起轰动的。”博物馆馆长说。

威廉的脸上一下子血色全无。

他紧张地问：“有这必要吗？”

这将是一场危机。妈妈肯定会崩溃的。

还有爸爸……威廉根本不敢想象爸爸会有什么样的反应。

博物馆馆长坐在那里，若有所思地盯着威廉看了好一会儿。

“你现在还不满十八岁，因此在和记者交谈之前我们必须征得你父母的同意。你记得你妈妈或是爸爸的电话号码吗？”

威廉摇了摇头说：“最好还是由我自己来通知他们，我爸爸妈妈不喜欢受到过多的关注。”

博物馆馆长思索了一下，耸耸肩说：“那也可以。”然后，他面带微笑着说：“我会安排人开车送你回家。你可以从博物馆的后门离开。”

威廉站起身，朝门口走去。

博物馆馆长说：“那个……”

威廉停下脚步，转过身来。

“你明白这是件多么不可思议的事情，对吧？”

一辆白色的货车停在车道上，车门开后，威廉从车里跳下来。他朝着自己家的房子走去，深深地吸了一口气，仿佛马上就要潜入水中，然后把手放在门把手上，打开门，走进了屋里。

他听到客厅里传来了什么声音。

爸爸和妈妈坐在沙发上。客厅里的收音机正响着。

爸爸看了一眼威廉。妈妈也看了一眼他。他们两个安静地坐在那里，仿佛陷入永恒的沉默中。

这时，爸爸说："威廉。"

威廉不知道该说什么。爸爸朝他挥了挥手，然后将收音机的声音开大了一些。

"我们再次回到科学历史博物馆，在这里发生了一件关于'无人能解之谜'的举世瞩目的事情。就在今天，这个全世界最难以破解的密码被解开了。我们现在还不知道这个破解了密码的人是什么身份，"收音机里的新闻播音员说道，"但是我们已经和在现场目睹了一切经过的人进行了交谈。现在交给你，阿斯拉克。"

妈妈的双手在颤抖。她将手叠放在膝盖上，试着让它们不再抖动，但是这根本不管用。威廉咽了一口口水，低头盯着地板。他知道自己做了绝不应该做的事情。

"我现在就站在科学历史博物馆的外面，我身边是托尔迪斯·沃夫尔，他当时就在现场见证了一切。"这位记者说道，"托尔迪斯，您可以跟大家讲讲当时发生了什么吗?"

一位听上去像是年纪很大的老妇人咳嗽了几声之后，开始说话：

“我当时和我的孙子在一起，他很喜欢密码这类东西。我们正往外走，因为有一位据说是智商很高的人破解密码失败了，只能放弃，于是，我们想在其他人出去之前先到咖啡厅去。我当时答应给我的孙子哈勒沃尔买一个冰激凌。他喜欢巧克力口味的，不喜欢——”听到这里，女记者有点不耐烦地打断了她：“到底发生了什么呢？”老妇人的声音变得有些沮丧，她接着说：“有一个男孩突然出现在屏幕前，我不知道他是从哪儿冒出来的。他一下就出现在那里。没人知道他是谁。我觉得有点奇怪。不过，应该给小孩子尝试的机会。况且其他那些聪明人都已经不得不放弃了。”

“然后呢？”

“所有人都还没反应过来，他就已经把那个密码破解出来了。然后一切都变得很混乱。我当时拉着我的孙子哈勒沃尔，把他带出了会场。你肯定听说过，在这种场合里会发生踩踏事件，而且我答应过他，要——”

爸爸把收音机关上，静静地坐在那里，一言不发。

最后，他问：“是你吗？”

“我……”威廉开了口，但是不知道该说些什么。

他的声音一直在颤抖。

妈妈开始哭泣。

“算了，现在说什么都无济于事了。我们必须收拾行李了！”爸爸一边说，一边坐着电动轮椅离开了客厅。

第六章

威廉走上二楼的楼梯。他走过走廊，停在了走廊的尽头。他用手抚摸着墙壁上的松木板，食指停在一个很大的节孔上。他将手指伸进洞里，按了一下里面的按钮。咔，墙里发出一个声响。然后，头顶的天花板吱吱作响，一扇门打开了。

威廉在这里制作了一个秘密的入口。他爬上一架梯子，消失在阁楼里。

这间阁楼的高度刚刚够他站直身体。除了一个很矮的书架之外，阁楼中就没有别的东西了。在一个角落里，放着几个旧纸箱。威廉点燃了墙上的煤油灯，然后走到书架旁。书架上面的书不多，但是这些书对他而言都是最重要的。

威廉不知道自己已经把这些书读过多少遍了。或许超过一百遍了。他已经把书里的内容记在心里了。这些书如此特别，是因为上面写满了外公的笔记。

每当他阅读这些书的时候，就像是外公在给他念。这些书教会了他很多东西，而这些东西都是学校的课本中学不到的。他的指尖滑过这些书的书脊，上面印着书名：《洞穴壁画的秘密》《金字塔：全世界最大的密码》《亚特兰蒂斯：他们的所知远胜于我们》《地球与你想象中不同》……

威廉坐在地板上，拿出了一本藏在书架下的相册。他仔细地抚摸着相册的第一页。上面有着外公的笔迹，清楚地写着：挖掘文件，第八十九部分。

威廉翻看着这本相册。他盯着里面的照片，这些照片记录了外公在世界各地的遗址进行考古发掘的过程。

但是威廉不知道他究竟在寻找什么，以及发现了什么。如果有机会的话，他很想问问外公这些问题。他继续翻看着里面的照片：有大家都知道的埃及金字塔，还有神秘的亚马孙河和中国西藏。在这些照片的旁边，外公都标注了时间和地点，但是无法知晓他究竟在那里找寻什么东西。

这时，旁边的梯子传来了声响。威廉抬起头，看到了妈妈。他将相册合上。

妈妈问："我可以上来吗？"

威廉说："可以。"

妈妈坐在威廉身边，将双手放在怀中。威廉想说点什么，但是又找不到话。

这时，妈妈说："有很多事情是你不知道的。我们是想保护你，不想让你提心吊胆地到处跑。”

威廉说：“这是什么意思？”

“爸爸和我……我们其实一直都很清楚，不可能永远这样。你和你外公太像了。”妈妈一边说，一边抚摸着威廉的头发。

“我觉得现在是时候让你知道八年前在伦敦发生的事情了。”

妈妈顿了一下，接着说：“一切都是因为我们处在危险中。”

威廉平静地问：“我们现在有危险吗？”

妈妈说：“是的，我想是这样的。”

他俩坐在一起，沉默了好一会儿。威廉用手抚摸着外公的相册。

妈妈问：“我可以看看吗？”

威廉点了点头。当妈妈看到外公的笔迹时，她笑了。

“时间过得真快。我最后一次见到他仿佛就在昨天。”

她翻开相册，上面的照片中有一片密林，其中有一座长满了苔藓的印加金字塔。

“他很爱他的工作，永远都在路上。我已经记不清在我小的时候，他是否在家里待过了。或许这就是为什么在他消失之前，他会对你那么好。威廉，你就是他的一切。”

“他出了什么事儿？”

“我们不太清楚。他是在我们搬到挪威之前消失的。”

威廉问：“我们为什么要搬到挪威？”

妈妈看着他。

“这是因为你外公的工作。我们不清楚具体的原因，但是外公说过，我们当时有生命危险，所以就把我们送到了这里。我们必须在这里开始新的生活，不能让别人知道我们是你外公的亲人。因此，我们既没有你外公的照片，也从来都不谈论关于他的话题。”

“但是，谁会来找我们？为什么如果有人知道是我解开了一个密码，我们就会有生命危险呢？”

“威廉，那不是一个随随便便的密码。那是全世界最难解的密码。很可能，全世界只有你和你外公能够解开它。被别人发现我们的行踪只是时间上的问题。”

妈妈继续翻了翻相册，一张照片上面有一个很旧的大箱子，里面装满了齿轮和杠杆。这张照片的下面也有外公的笔迹：希腊，电脑。（年龄：不详）

“还有一件事……”妈妈有些犹豫了。

威廉问：“什么？”

“你知道的，你爸爸从来都没谈论过他是怎么瘫痪的……”

威廉点点头。

妈妈接着说："你知道他经历过一场车祸吗？"

威廉说："知道。"

"但是当时他不是一个人在那辆车里。"

"不是一个人？"

"是的，"妈妈说道，"威廉，当时你也在车里。"

"还有我？"威廉开始感到有些头晕。

"那一次，你死里逃生。我本以为你会死掉。因为当时医生和我说，你不会活过来了。"说完，妈妈擦掉了眼角的泪水。

威廉用颤抖着的声音问："我是怎么死里逃生的？"

妈妈低头看了看相册，又陷入了无尽的沉默中。

过了很久，她才说："当时，你外公正在国外出差。他一听说了车祸的事，就立刻坐飞机回到了家里。他日日夜夜地守在你的病床边，守了好几周……然后，你就突然康复了。医生也不明白为什么。外公说这是一个奇迹。"

威廉试着理清自己的思绪。他曾经濒临死亡？是外公唤醒了他……然后他就恢复健康了？

他又看了看妈妈，妈妈的身体都在颤抖。

他问："妈妈，我们在躲避什么人？"

"这和那起车祸有关吗？"

妈妈说：“威廉，我不知道。”说完，她站了起来。

“可是……”威廉顿住了。很明显，妈妈不想继续谈论这件事了。

“我们明天就出发。这里已经不再安全了。”

威廉问：“我们去哪里？”

妈妈说：“离这里很远的地方。”说完，妈妈就消失在了阁楼的门后。

第七章

威廉没有脱衣服，直接躺在了床上。他盯着天花板。现在是凌晨三点半，他依然十分清醒。他知道自己是睡不着的。现在，他的脑海中充满了各种想法。他在想妈妈提到的那起车祸，还有他曾经差一点死掉。

他究竟是如何死里逃生的呢？外公的失踪和这件事是否有关？威廉实在是太希望外公现在就在这里了。但是外公不在。每当威廉想到博物馆里发生的事情，就觉得一阵胃疼。现在，全世界都知道是他把“无人能解之谜”解开的。他们不得不再次逃亡也都是他的错。

威廉听到爸爸和妈妈在客厅里的动静。

他们在打包需要的东西。他们要在天亮之前完成这项工作。

威廉从床上坐起来，环顾着黑暗的房间。这里是不是变得更冷了？他站起身，走到窗边，他的脚踩在了一个很硬的东西上。他低头一看，有个东西在他面前的地板上。他蹲下去，看到了一只甲壳虫。这只甲壳虫仰面躺在地板上。威廉小心翼翼地用手指碰了一下它。

甲壳虫没有反应。于是，他将它捡起来，放在手上。

然后，他走到书桌旁，将甲壳虫小心地放在了桌面上。他拉开一个抽屉，拿出一个放大镜。

他坐在书桌前，用放大镜观察这只甲壳虫。这不是一只普通的甲壳虫。它是用微小的金属片和微型螺丝等部件制作成的。这是一只金属甲壳虫！这是威廉见过的最为精美和先进的东西。

它是怎么进来的呢？威廉看了看窗户，发现窗户的玻璃上有一个很小的洞。突然，这只甲壳虫动了一下，把威廉吓了一跳。它跳起来，翻过身，跑到了桌子边上，然后跳到了地板上。它停在那里，观察了威廉一会儿，然后开始在房间里跑动。最后，它停在了书桌下面的一支铅笔旁边。甲壳虫推了一下铅笔，然后将铅笔推到了威廉的面前。它的行为就像是一只想要玩扔棍子游戏的小狗。威廉微笑着捡起了那支铅笔。

“你想玩游戏？”

甲壳虫在地板上跳上跳下。威廉将铅笔扔了出去。

铅笔打在了墙上，然后落在了地板上。甲壳虫一下子跑过去，捡起铅笔，把铅笔重新推到了威廉的脚下。

威廉对它的反应很是满意。

“哇，你真是个聪明的小家伙！”说完，他又把铅笔捡起来，扔得更远了一些。

这一次，铅笔撞到了门框上，然后掉在了走廊里。甲壳虫追了出去，但是它没有回来，而是站在走廊里盯着威廉。

威廉说：“过来。”

但是甲壳虫没有动。它用腿轻轻敲了敲地板，好像是希望威廉到走廊上去。

威廉说：“过来！”但是甲壳虫还是一动不动地待在原地。

威廉小声说：“好吧，别动。”

他走到甲壳虫面前停下，小心翼翼地蹲下。他伸出手，但是就在他要抓住那只甲壳虫的时候，它一下子蹿了出去，跑到了楼梯上。

威廉小声地说：“别，别，别。”

甲壳虫停在楼梯上，然后放下了铅笔。威廉站在离它几米远的地方。

威廉说：“别到楼下去。”

但是甲壳虫没有听他的话，接着下楼去了。

威廉站在楼梯口探出身子朝楼下望去。它跑到哪里去了？

他听到妈妈和爸爸在客厅里面小声地交谈。威廉从楼梯上轻手轻脚地走下来，在地上仔细地寻找。

他听到爸爸在说："我不知道。这可能只是一个巧合。但我不认为我们会有什么机会。"

妈妈问："你和研究所谈过吗？"

爸爸说："谈过，他们正在来的路上。他们已经知道博物馆里面发生的事情了。我敢肯定，这个'无人能解之谜'的展览就是他们一手策划的。"

妈妈问："是为了追踪他吗？"

"它存在他的基因里。他们很清楚，他是否会上钩只不过是时间的问题。"

妈妈问："要把他送回英国……难道就没有别的办法了吗？"

爸爸说："让他离开这个国家一段时间是现在最好的办法了。我们不能冒险。现在对他来说，研究所就是最安全的地方。"

"我已经厌倦了这样的生活。我不想再躲躲藏藏了。我想过我以前的生活。"妈妈的声音听上去快要哭出来了。

爸爸说："我也是。但是我们不能冒险。"

这时，一个声音将威廉的注意力从父母的对话中拉了过去。

他继续走进了黑暗的走廊里。突然，他看到墙壁上有一块巨大阴影在移动，然后又突然消失不见了。威廉还没来得及大叫，就听到客厅中传来爸爸撕心裂肺的呼喊："威廉！快点离开！快跑！快跑！"

威廉站在楼梯上，浑身麻痹。然后，他又听到妈妈的尖叫声，还有爸爸又一次的大喊："威廉，快跑！"

威廉立刻转身，跑出走廊。他冲进房间，锁上了房门。整幢房子都在剧烈的摇晃。

然后，他听到从楼梯那里传来一阵沉重的脚步声。脚步声越来越近，越来越响。最后停在了他的房门外。

威廉安静地站在房间里。他屏住呼吸，仔细地听着。

没有声响。

一片寂静。

外面没有任何动静。

但有些过于安静。

就在房门快要被撞开的时候，威廉急忙冲到窗边，从窗台上跳了出去，来到了茫茫夜色中。

第八章

威廉重重地落在了外面冰冷的雪地上。他踉跄着从地上爬起来，赶快站好，然后跑向了花园。现在，他的脑子里只有一件事，就是逃跑。

在威廉身后，传来了房屋倒塌的声音，好像有人在摧毁他的房间。

几秒钟之后，威廉就跑到了一条白雪覆盖的大街上。他听到有一扇窗户被打碎的声音，然后有什么东西落进了花园。紧接着，他的身后就发生了大爆炸。

有什么东西在追赶他。一个很大的东西。

威廉跳进了另一个花园。他思考着是否应该去敲邻居家的门，但是很快打消了这个念头。他必须逃离这里。他跌跌撞撞地跑到不知名的一条大街上。他感到双脚很疼，肺也很疼，双腿快要不听使唤了。

但是，他必须继续跑下去。

突然，他脚下的山坡消失了。他滚到了一个山坡下。他重新站起来，看了看四周，大口地喘着气。这里的积雪没过了他的膝盖。他回头看了看。身后没有任何迹象表明还有什么东西在追赶他。他是不是逃出来了?

威廉努力地让自己冷静下来，集中精神，好好思考。他现在冻得直打哆嗦。又开始下雪了。大片大片的雪花从黑暗的天空中飘落。

威廉继续往前走。在这么厚的积雪中行进，每一步都很沉重。他停在一个很高的铁丝网边，往里看了看。那里面好像是一个废弃的工业区。

他爬过铁丝网，朝着一幢倒塌的建筑走去。

这个建筑的大门已经不知去哪儿了。威廉走了进去。融化的带有铁锈的水滴从天花板上滴落。在大厅的一个角落里有一辆没有了轮胎的卡车。威廉用颤抖的双腿走到这辆卡车旁，朝里看了看。他试着打开车门，但是车门是锁着的。他环顾四周，发现地板上有一把巨大的扳手。于是，他用扳手打破玻璃，爬进了车里。

威廉觉得浑身疼痛，脑袋仿佛随时都会爆炸。现在，他必须在这里过夜，明天一大早，他才能去寻求帮助。他要做的第一件事就是去找到爸爸和妈妈。不知他们逃出来了吗?

还有那只甲壳虫……它好像刚刚警告过他。

它是从哪儿来的?又是谁呢?正想着这些，威廉突然看到有什么东西在外面晃动，他立马坐起来，靠在窗前，朝着黑暗中盯了几分钟。什么都没有，只有大片大片的雪花不断飘落。威廉又坐回车座上。

突然，好像有一枚炮弹落在了他头顶的正上方。这场爆炸发生得太快了，以至于威廉都来不及反应。

一个铁梁坠落在卡车的发动机罩上，把挡风玻璃砸得粉碎。卡车上方下起了“金属碎片雨”。

然后，一切又都恢复了平静。

威廉慢慢地抬起头，向头顶看去。整座建筑的房顶都被掀了起来。可是雪下得太大了，上面根本什么也看不清。

有什么东西来到了大门口。两个人走进了大厅。其中一个人的手中拿着一把会发出蓝色光芒的脉冲枪。他把枪口对准威廉，然后爬进了前面的车舱。

突然，一个巨大的铁爪出现，紧紧地扣住了卡车，将卡车强力拉入了空中。威廉尖叫着爬到了车轮上。他最后看到的就是一束蓝色的光进入了卡车。

然后，他的世界陷入了黑暗。

第九章

威廉躺在一个很柔软的东西上。他的身子正在被小心翼翼地来回晃动。一个微弱的声音将他从睡梦中唤醒。发生了什么？好像有雪……爆炸和蓝色的光……他现在能想起来的就这么多。突然，他想起了爸爸那撕心裂肺的呼喊声：威廉快跑！快跑！还有小甲壳虫、飞行物和卡车……威廉坐起来，环顾四周。

他现在身处一辆汽车的后部，这辆车在一条荒凉的高速公路上飞驰。

威廉摸着自己的脑袋，发现脑门上有一块胶布。他检查了一下身体的其他部分，除了感到有些僵硬之外，一切似乎都没有问题。

他探起身子，朝前看去。车子前面坐着两个红发男子。他们是不是将他从那个废弃仓库里抓走的人？威廉的恐惧感不断上升。他们是谁？他们要对他做什么？这些人是不是八年前他们一家人需要躲避的人？

他与其中一个人的目光在后视镜中对上了。那个人眯着眼睛观察了他一会儿，就把视线转开了。威廉小心地坐回自己的座位上。如果他们想杀死他，他现在应该已经死了。难道是他们救了他？他轻轻地敲了敲面前的玻璃。

那两个人都没有反应。他又更用力地敲了一遍。

威廉高声问："你们是谁？"

他们两个都没有转身。

这时，他面前的玻璃忽然变成了黑色。上面出现了一个美丽的女人，她有一头黑发，一双蓝色的眼睛，正面带微笑地看着他。

她用丝绸一般温柔的声音对他说："威廉·温顿，欢迎你。"

威廉坐在座位上盯着她。

他不能相信自己的耳朵。

威廉·温顿？

这是他有生以来第一次听到有人大声叫出他的这个名字。她是怎么知道他的名字的？威廉靠近那块玻璃仔细地研究了一下。这个女人冲着他露出了洁白的牙齿，温柔地微笑着。

她说："我叫玛琳，我代表我们后人类[①]研究所欢迎

---

① 译者注：后人类（posthuman），是指20世纪60年代，一些发达国家进入以信息社会为特征的后现代之后，利用现代科学技术，结合最新理念和审美意识对人类个体进行部分的人工设计、人工改造、人工美化、技术模拟及技术建构，从而形成的一些新社团、新群体。这些人再也不是纯粹的自然人或生物人，而是经过技术加工或电子化、信息化作用形成的一种"人工人"。

你。再过一会儿，我们就会达到奥斯陆机场，你将会搭乘我们的私人飞机前往英国的希思罗机场。之后，我们将会前往研究所，它位于英国乡间一处田园般的地方。你可以在飞机上获得更多的信息。在此之前，我先预祝你旅途愉快。”

威廉小声说：“谢谢。”

玛琳接着说：“同时，我这里还有一个来自你父母的问候。他们现在很安全。”

“他们现在很安全。”威廉重复了一遍这句话。这说明他的父母都还活着。威廉忽然流下了眼泪。这时，妈妈和爸爸突然出现在了屏幕上。他们也坐在和威廉坐的这辆车很像的一辆车的后座上。

妈妈一开口就哭了出来：“威廉……”

“威廉，我的宝贝。事情本不应该是这样的。看到你没有受伤，我实在是太高兴了。”妈妈呜咽着擦干了自己的泪水。

“我们很快就能团聚了。”

妈妈看了看爸爸，握住他的手。

“威廉，有很多事情，我们本应早点告诉你。但是我们又希望你知道得越少越好。等你到了研究所之后，他们会向你解释一切的。”爸爸微笑着对威廉说道。

妈妈说："我爱你，我的宝贝。"

威廉小声说："我也爱你。"之后，屏幕闪了闪，父母的画面就消失了。

威廉紧紧地盯着他面前的这块玻璃，他希望能够再次看到父母的画面。但是他的愿望落空了。他坐在那里思考着父母说过的话。那个研究所是什么？他是否应该问问那两个司机？他们肯定是从研究所来的，但是他们看上去又不像是愿意交谈的人。现在只能等待。除了相信妈妈和爸爸说的话，威廉不知道还能怎么办。他现在很安全，他们也很安全。他重新靠在柔软的座椅上。现在，他可以放松一点了。他看着窗外黑色的风景。几个小时后，他们到达了奥斯陆机场，那里有一架巨大光洁的客机在等待着他们。一个身穿飞行服的男人朝着他们挥了挥手，然后走进了驾驶舱。他们的车直接在飞机的前方停下。接着，随着一阵发动机的巨大声响传来，飞机的前部像鲨鱼的下巴一样被打开了，他们的车直接开进了这个宽阔的"下颚"里。

第十章

整个机舱都是威廉的。这并不是普通的客机机舱，也没有一般飞机上的座椅。只有两张巨大的白色沙发。现在，威廉正紧张地坐在其中一张沙发上。飞机已经飞在空中了。透过机舱的玻璃窗，威廉可以看到外面的云层。威廉安静地坐着，听着。

只能听见引擎运转的声音。周围的一切都是洁白的，威廉觉得自己好像身处于一个豪华的宇宙飞船中。

突然，他面前的桌子分成了两部分，把他吓了一跳。一面屏幕出现在两个桌子中间。上面有一个蓝色的标志，写着“后人类研究所”。这个标志在屏幕中旋转了几次，就消失了。取而代之的是玛琳。

“威廉·温顿，欢迎登机。我们后人类研究所衷心地欢迎你成为我们的新候选人。”玛琳的声音听上去舒适，但有些单调。“我们希望你到目前为止度过了一趟愉快的旅行。一会儿，我们会为你提供食品和饮料。请问有问题吗？”

威廉说：“候选人……？”

她打断了他的话："我们的一个信息机器人将会回答你的问题，同时，你还可以对我们的研究所进行虚拟参观。"

威廉面前的屏幕上出现了一座巨大的白色建筑的照片，并在不断滚动。

玛琳说："我们的研究所建立于1967年，一直致力于为全人类利益进行相关的研究工作。"

这幢白色建筑就像威廉现在搭乘的这架飞机一样，洁白无瑕。但是地基的石头看起来很古老。

玛琳接着说："在我们后人类研究所，过去和未来以一种美丽的形式融合在一起。我们的研究所特别专注于对生物技术和人工智能的研究。每年，我们都会挑选一批对解码和解决问题表现突出的候选人。作为我们的候选人，你们可以享用研究所的所有设施。我们会竭尽全力为你们服务。谢谢观赏。"

屏幕再次变黑，然后消失在重新合上的桌子间。

威廉坐在那里，思考着他刚刚看到的内容。后人类研究所？他为什么要去那里？候选人到底是什么？

这时，他听到机舱前部传来了开门的声音。他探出身子，看到一辆带轮子的手推车正朝他走来，然后咔的一下停在他的面前。

“我们可以提供粗粮面包或法棍，搭配人造火腿或豆腐。如果您口渴的话，可以选择人造水、人造橙汁或火星饮料。”一个金属般的声音从手推车里传出来。

威廉坐在座位上看了一眼手推车。

手推车有些不耐烦地说：“您要什么？”

威廉有些不知所措地说：“嗯。法棍和火腿，还有火星饮料。”

“选得很好。火星饮料最适合一天中的这个时刻。”手推车一边说，一边伸出车盖，用一条机器人手臂将法棍和一个装着紫色饮料的玻璃杯放在他面前桌子上。

手推车说：“祝您好胃口。用餐完毕，会有一个清洁机器人来打扫卫生。”

这时，手推车的后背开始发出了急促的响声。

威廉困惑地问：“什么？”

手推车又说了一遍：“会有一个清洁机器人过来打扫卫生。”

“请您慢慢享用，不用着急。”说完，手推车就消失在了门口。

威廉有些困惑地摇了摇头，然后看着面前的食物。他打开法棍的包装闻了闻。人造火腿是什么？火星饮料又是什么？

他小心地咬了一口法棍，慢慢咀嚼着。这个火腿吃起来就像是一般的火腿，不过好像更好吃一些。他吃了一口，又吃了一口。很快，他就把一整根法棍都吃掉了。这应该是他吃过的最好吃的法棍了。

然后，他又喝了一口火星饮料。现在这杯饮料已经变成了红色，尝起来有点草莓和香草的味道。真奇怪，威廉又喝了一口。现在，尝起来像是橙汁。然后，他发现饮料变成了橙色。

这时，前面的舱门又开了，那辆手推车来到他面前。

“请问您有垃圾吗？”它礼貌地问道。

“你不是刚才的那辆手推车——”

“不是。我不是！”这辆手推车抗议道，然后，一条机械手臂从里面伸出，抓住了空塑料杯和餐巾纸。

清洁机器人说：“非常感谢。祝您旅途愉快。”然后，它就退下了。

“但是，我想知道……”

“会有一位信息机器人回应您的问题。”这辆手推车说完就又消失在了门后。

威廉坐回到座位上，闭上眼睛，开始整理自己的思路。这时，他听到舱门再次打开的声音。威廉睁开眼，看到过道上停着一辆手推车。它打了一个呵欠，然后来到了威廉身边。

它的语速很快："有问题吗？"

威廉问："是的。你是用餐、清洁和信息集于一身的手推车吗？"

"关于存在的问题请找我们的哲学机器人！我可以让它过来。还有其他问题吗？"

威廉问："我为什么会在这里？"

"嗯……"手推车沉默了。它上面的小闪光灯全部熄灭了。它看上去像是关机了，或者是短路了。

威廉轻轻地敲了敲手推车："你好？"回答他的只有一种空心金属的声音，就像是在敲击一台空的烤面包机。

手推车立在那里。

威廉迷惑地看着周围。

突然，手推车的灯重新亮了起来。

手推车说："对不起，反应慢了。您的问题将在您到达总部时得到回答。"

威廉坐回到座位上。他现在太累了，不想和这辆手推车争辩。

"还有别的问题吗？我有很多关于航空、垃圾处理和人造食物烹饪方面的信息。"

威廉说："不用了，谢谢。我没有问题了。"

“祝您旅途愉快。我们将在一个小时三十分钟后降落。晚安！”

威廉重复了一遍：“晚安？”

这时，天花板上打开了一个舱口，一个洁白的面具落了下来。当他闻到这个气味时，已经来不及了。他的眼皮很快就合上了。

第十一章

威廉从睡梦中惊醒，惊恐地看着四周。他还躺在那辆汽车的后座上。

这辆车停在了一个很大的石楼梯前。威廉眨了眨眼睛，坐起身来。

他想起来，这幢建筑就是他在飞机上看到的那个视频里的建筑。在现实中，它看上去更大。这时，突然有人敲了敲他的车窗，一只戴着手套的手示意他应该下车了。车门被打开，威廉小心地走了出来。这时，他才发现，有人给他换上了一双新鞋。

一个身形高大、皮肤黝黑的人朝着他深深地鞠了一躬，说："威廉·温顿，欢迎你。"

威廉站在那里看着这个男子，他的目光也毫不躲闪，认真地回看着威廉。他身上穿着黑色的长袍，白色的衬衫，还戴着蓝色的蝴蝶结。他看上去非常庄严。

他用平静的声音说："我是蒂姆·巴特勒。"

威廉说："威廉。"并向他伸出了一只手。

巴特勒说："我知道。"

他们快速地握了一下手。

巴特勒说："我是这里的首席管家。请问它们在哪里？"

威廉问："什么在哪里？"

"你的行李！"

威廉有些不好意思地笑着说："嗯。我什么都没带。"

巴特勒看上去十分吃惊。

他问："你什么都没带？没有干净的内裤、长袜或是别的东西？"

威廉摇摇头。

巴特勒问："牙刷呢？"

威廉说："我来得很匆忙。"他觉得自己脸红了。

巴特勒说："好吧，跟我来。"

威廉站在原地看着巴特勒取下一只手套，在一扇门前的红色小传感器前挥了挥。然后，巴特勒重新戴上手套，那扇门发出了两声短促的声音。

"进去。"他让威廉先走进去。

威廉走进那扇门，突然听到有人大喊："小心啊！"

他看了看周围，不知道声音是从哪里传过来的。有东西重重地撞到了他的腿，让他一下子失去平衡，摔倒在地上。威廉坐在地上，揉了揉腿。

巴特勒在他身后说："你应该小心一点脚下！"

"不好意思。"威廉抬头对他说。

但是，他发现巴特勒不是在对他说话。他的食指指着一个小型电动吸尘器。

这台吸尘器抱歉地说："对不起。我正在去电视厅的路上，那里正在播放《终结者》。"它一边道歉，一边来回摆动。

巴特勒说："吸尘器是不看电视的。现在回到你的休息站去。你得充电，明天才能继续工作。"

吸尘器说："好的。"然后它回到了自己应该去的地方。在经过威廉身边时，威廉小声说："朋友，抱歉了。"

巴特勒说："这个糊涂的机器。"然后继续往前走。

威廉站起来环顾四周。他们现在身处于一间大厅中。天花板上挂着一个巨大的吊灯。在他面前是一个通往二楼的大楼梯，威廉觉得这个楼梯就像一条四车道的高速公路一样宽敞。

巴特勒喊："你跟上了吗？"

威廉迈开腿，但是他在看到一只四方形的金属盒子时又停下了脚步。这个金属盒子还有着小小的金属腿。走到最下面一层时，它就会转身重新往上走。

威廉问："这是什么？"

巴特勒面无表情地回答："楼梯机器人。"

威廉说："它是干吗用的？"

巴特勒说："在楼梯上走。快点吧，我们可没有一整天的时间。"

"但是让机器人在楼梯上走有什么意思啊？"威廉一边努力跟上巴特勒的步伐，一边问道。

"这里是一家研究机构。这里到处都是实验，有的经常没有任何使用价值。"

巴特勒停在一个又高又平的机器人旁边，它好像不想被别人看到的样子。

巴特勒接着说："比如说这个，这是最没用的一个，一个吵架机器人。"他的语气中充满了蔑视。

吵架机器人很快反驳："这是纯粹的谎言和恶意的谣言。"

威廉说："吵架机器人是做什么的？"

巴特勒说："当然就是用来吵架的啊。"他继续往前走。

吵架机器人又快速地跟了一句："这可比一只穿着连衣裙的廉价企鹅要强。"

巴特勒停下脚步，转过身。

"你说什么？"

吵架机器人说："没什么。我是说你又矮又胖！"

巴特勒咬牙切齿地走到吵架机器人面前。

巴特勒恶狠狠地说："总有一天，我不再需要你的时候，就把你的电源线拔掉。"

吵架机器人说："我可以用电池。"

巴特勒说："胡说八道！"然后他指了指旁边一条通进墙里的电线。

"这是什么？"

吵架机器人说："这是灯的电线。"它朝着旁边的一盏落地灯点了点头。

落地灯马上说："你敢。"

巴特勒摇了摇头。

他小声对威廉说："你现在知道我说的没用是什么意思了吧？走吧！"

威廉立刻跟上巴特勒，他们经过了一把椅子，上面坐着一个又小又圆的机器人，机器人却有一双又长又细的腿，仿佛悬挂在椅子上一样。

威廉玩笑一般地问："这是一个坐下机器人吧？"

巴特勒说："你学得很快嘛。我就叫他小特里勒。我们到了。"

他停在一扇巨大的白色门前，说："你可以在图书馆里等高夫曼先生。"

巴特勒在这扇门前挥了挥手。然后，大门就打开了。

巴特勒说："请进，小心图书管理员。他有些……嗯……偶尔不太稳定。"

第十二章

威廉看了看四周。这里的墙壁和天花板都由钢铁制成。连地板都是钢铁的。角落里有一个沙发，看起来像是从来都没有人在上面坐过一样。

他面前的一张书桌上，所有东西都摆成直角。他一本书都没有看到。这里看起来一点都不像一个图书馆。

一个声音传来："高夫曼先生就在拐角处。"

威廉转过身，但是什么都没有看到。他站在原地等待着，心里想着巴特勒警告过他关于图书管理员的事情。

那个声音又说："我说，高夫曼先生就在拐角处！"

"我听到了……但是，你在哪里？"

那个声音变得有些恼怒："就在这里啊。"

威廉听到声音是从一个发动机里传出来的。但是他还是什么人都没有看到。

那个声音说："在你身后。"

威廉转过身，看到一个装着轮子和四条手臂的机器人。它和这间图书馆一样闪闪发光，洁白无比，仿佛随时都可以隐身在这个环境里。

你是图书管理员吗？

机器人说："是的，我是阿尔伯特。"

威廉说："但是，其他人都在——"他边说边抬头看了看周围，但是他的话还没说完，阿尔伯特突然伸出一条非常长的金属手臂，用一根很小的针刺伤了他的手指。

威廉疼得叫了起来："哎呀！"他把手收了回去，紧紧地握住自己的食指，上面还有一滴红色的血。

阿尔伯特说："对不起。"然后，它又伸出另外一条长长的手臂，将采集到的血液放进了一根试管中。

威廉冲着它大喊："你在做什么？"他非常惊恐地看着这个机器人。

阿尔伯特说："这只是一个简单的血液检查，没有任何危险。"然后，它来到旁边，说："好了，请坐在沙发上。你可以在这里边看书边等。不管怎么说，这里还是一个图书馆。"

阿尔伯特给威廉拿来了一个电子阅读器。威廉犹豫了一下，才伸手接过了它。他试着让自己放松下来，低头看着电子阅读器。突然，他感到有人在使劲揪他的头发。

他大喊着："哎呀！"然后，他又一次疑惑地看着这个机器人。

阿尔伯特手里握着一大缕头发。

它将这缕头发藏在身后，说：“对不起，这只是一项标准头发检测。我向你保证，现在一切都结束了。没有其他的检测了。这是真的。”

威廉坐回到沙发上去，重新打开电子阅读器。

屏幕上面出现了一些书。第一本书是《另类数学》，后面还有《金字塔理论》和《机械折纸》。威廉笑了出来。看来这个研究所确实是很适合他的地方。

一个声音在他身后说：“你可能已经读过其中的一些书了。”

威廉转过身去，看到了一个异常瘦高的男人。他身穿黑色西服，手里举着一根白色的拐杖。他的头发是墨黑色的。他那双幽深的黑色眼睛正在审视威廉。

他问：“旅行还顺利吗？”

威廉结结巴巴地勉强吐出一个字：“嗯。”

“很好。”男人将目光转移到旁边的阿尔伯特身上，对它说：“你把该做的事情都做完了吗？”

“是的。”机器人手里拿着装着威廉血液的试管和一缕头发。

男人说：“你现在可以退下了。”

阿尔伯特离开了这里，退到走廊里，然后将他身后的房门关上。门一关上，瘦高的男人就走到威廉面前，向他伸出手。

他说："我叫弗里茨·高夫曼。坐下永远比站着好。"然后，他示意威廉，两个人都坐下。

高夫曼严肃地看着威廉说："你对我一无所知。但是我知道很多关于你的事情。"

威廉问："我为什么要来这里？"

"这是一个很长的故事。不过这都是为了你好。你将会知道更多的事情。现在，你只要相信我就可以了。"

高夫曼说："可以吗？"

威廉仔细地盯着这个瘦高的男人看了好一会儿，然后点了点头。

"飞机上的视频中提到了候选人。我是候选人吗？"

"我知道今天的一切都进行得太快了。你会来到这里最重要的一个原因就是：现在这里是你能待的最安全的地方。但是我觉得你可以成为一名优秀的候选人。明天你会了解更多关于这件事的内容。"高夫曼说道。

"我的父母在哪里？"

"他们现在很好，很安全，待在一个秘密的地方。不过这一次，那里离这里很近。"

威廉问："这一次？"

"是的。这不是亚伯拉罕·塔利第一次尝试这么做了。"

亚伯拉罕·塔利？威廉思考了一会儿。“亚伯拉罕·塔利是谁？”

高夫曼认真地看着他的双眼低声说：“一个非常……危险……的男人。”

威廉又问：“他是我们搬到挪威去的原因吗？”

高夫曼靠近威廉说：“他没有在外面找你们……”他顿了一下，接着说：“他只是在找你。”

威廉愣住了。“只是我吗？”

“威廉，他是没法来到这里的。研究所是你可以待的最安全的地方。一直等到我们找到托比亚斯。”

威廉的心脏开始狂跳起来。托比亚斯？

威廉又结巴了：“你指的是外公吗？”

高夫曼说：“是的，托比亚斯·温顿。”

“你认识他吗？”

高夫曼微笑着说：“是的，我们两个很熟。他是这个研究所的创始人之一。”

第十三章

威廉跟在弗里茨·高夫曼身边一路小跑，他们正走在走廊的台阶上。

“托比亚斯·温顿……他是全世界最优秀的密码学家之一，”高夫曼说道，“你知道什么是密码学家吗？”

威廉回答说：“破解密码的人。”

高夫曼微笑着说：“回答正确。自从他消失后，研究所就变得不一样了。”

威廉说：“可是……”

高夫曼打断了他的话：“你肯定有很多的问题。我会尽我所能地回答。但是你要等待。现在已经很晚了，我们必须就寝了。你的房间在东翼的楼梯上面。我觉得你会喜欢的。”

威廉又看到了吵架机器人。他本以为它会在他们路过它身边时发表一些言论。不过，它什么都没有说，只是向他们恭恭敬敬地鞠了一躬。

威廉问：“我可以在这里待多久？”

高夫曼说：“只要亚伯拉罕还在寻找你，你会被发现的危险就依然存在。不过，我向你保证，这里的生活不会无聊。我们为像你这样的人量身定制了一套教学方案。你算是来对地方了。”

威廉问：“像我这样的人？我不是一个……候选人吗？”

“让我们拭目以待。你将会和我一起待上一段时间，你一定可以在这里过得很好的。”高夫曼微笑着说道，然后继续向上走。

楼梯机器人当时正在往楼下走，它拼命地试图给高夫曼让路。他们继续走到一条通往侧翼的走廊上，然后停在一扇打开着的红色大门前。

高夫曼说：“你的房间并不大，但是里面有你需要的一切。”然后，他让威廉进房间看看。“明天一大早，你要上本杰明·斯拉普顿教授的私教课。他会向你解释更多关于我们这个研究所的事情。他是一个有点怪异的人。但是，他也是我们这里最优秀的密码学家之一，是的，除了你外公以外。你在这里会过得很愉快的。晚安。”

高夫曼走出了房间，将门在身后关上。威廉看了看这里。这是一个简朴的房间：有一张漂亮的床，上面已经铺好了羽绒被和枕头。一个抽屉柜，窗前还有一张书桌。威廉走到床边坐下。他在思考高夫曼告诉他的事情。

外公真的是这里的创始人之一吗？他们在这里究竟做些什么？为什么高夫曼能够确定威廉在这里很安全？

威廉站起身，走到房门口，检查房门是不是锁好了。他摇了摇门把手。

突然，这扇门说："每天晚上十一点之后，这里的门都会自动上锁。"

威廉被吓得往后退了一步。

"什么？"

他靠近这扇门，看到门把手旁边有一个小喇叭。

他问："你是一扇会说话的门？"

门说："门就是门。这不过是一份兼职而已。再过一两年，我就可以换一份全新的工作了。我是有目标的。"

威廉说："目标？"

这扇门坚定地回答说："是的，目标。我是一个非常厉害的厨师，能做出全世界最好吃的意大利千层面。我向你保证。我将成为一名电视厨师。"

"你没有胳膊，怎么能做意大利千层面呢？"威廉向后退了一步，接着问道。他在研究所已经见识了太多奇怪的东西，现在即便门里突然伸出一双伸缩金属手臂，他也不会感到惊异了。

"好吧。被你拆穿了。我是在吹牛。我只不过是一扇会说话的门。刚刚把你骗了。”这扇门说完，开心地笑了起来。

威廉也笑了起来。他觉得能够笑出来是一件很好的事情，于是又多笑了一会儿。

门接着说：“我知道我没有提问的权利，但是每当有新人来到研究所，我都感到非常好奇。”

威廉问：“你想知道什么？”

门问：“为什么每年的这个时候，他们都会招来一个新候选人？”

威廉回答说：“或许你可以先给我解释一下，什么是候选人？”

这扇门说：“他们没有告诉过你吗？”

“没有。”

门沉默了一会儿。

它叹了一口气，说：“唉，我说得太多了。”

威廉问：“告诉我吧。什么是候选人？”

门又沉默了一会儿。

“好吧。候选人就是密码破译者。或者更准确地说，是那些能够成为密码破译者的人。我已经都告诉你了。别再问了。”很明显，它不会再透露更多的内容了。

威廉说：“我的外公就是一个密码破译者。”

门说："噢。"

威廉接着说："我觉得他以前在这里工作过。"

门说："他叫什么名字？"

威廉犹豫了一下。

这扇门不耐烦地说："说吧。对话双方应该是平等的。我告诉你一些事情，你也应该告诉我一些事情。"

威廉看了看周围，确认现在房间里只有他一个人。然后他靠近这扇门，小声地说：

"托比亚斯·温顿。"

从他的嘴里说出外公的名字有种很奇怪的感觉。他小时候经常躺在床上，把自己埋在被子里面，时不时地小声念叨外公的名字。但是他从来都没有大声说出来过。

他看了看这扇门，等待着它的反应，但是它一言不发。

威廉问："你好，你还在吗？"

没有回应。威廉轻轻地敲了敲那个小喇叭。

"你还在吗？"

"托比亚斯·温顿。"这扇门小声地说，"你确定吗？"

威廉说："是的，我非常确定。你听说过他吗？"

"我听说过他吗？"门小声地说道，"托比亚斯·温顿是我们这个研究所里最优秀的密码学家。他曾经在这间房子里住过很多年。"

威廉吃了一惊，连忙问："他在这里住过？"

"是的。但是他总是在外面出差。每次他回来，我都会很开心。他这个人有很多有趣的故事。我们是很好的朋友。但是有一天，他突然——"门一下子不说话了。

威廉补充说："他失踪了。"

小喇叭继续传出声音："是的。他带着……"

"不，我已经说得够多了。你如果想知道更多的事情，应该去找高夫曼先生。"

威廉说："等等！"

门又说了一遍："去问高夫曼先生吧。在他失踪之前的那段时间里，他们两个已经不再是挚友了。"

威廉闭上眼睛，说："那段时间里不再是？这是为什么呢？"

"我已经说得够多了。"它再一次陷入了沉默。

威廉站在那里等待着，他小心地敲了敲门。

他说："你好？"但是这一次，门依旧没有反应，只有门外风吹过的声音。威廉转过身，看着外面的雪花被风吹落在窗户的玻璃上。

他走到窗前，望着窗外的夜色。在这里，他仍旧有一丝不安的感觉。这扇窗户能够阻止在家里袭击他们的东西吗？

第十四章

"咚、咚……"

威廉皱了皱眉，把被子拉到了头上。

"咚、咚！"

他小声嘟囔着："妈妈，让我再睡五分钟，就五分钟！"

门外的人说："我不是你妈妈。"

这时，威廉才一下子想起来，他现在究竟在哪儿。搭乘飞机、研究所、弗里茨·高夫曼和那扇会说话的门。他从床上坐起来。阳光透过那扇小窗子照进这个房间，整个房间都沐浴在金色的阳光里。

"咚、咚！"门外又响起了敲门声。

威廉看了看表。"你为什么要这样做？你知不知道现在才几点？"

他房间里那扇会说话的门说："你以为我是没事儿找事儿吗？是有人在敲门。咚、咚、咚！"

威廉把脚踩在床边。

"是谁啊？"

门说："是谁？人们打开门不就是为了知道门外

是谁？”

威廉站起来，脚踩在冰冷的石头地板上。他小心地打开门，将头探出去看了看。

一个人影儿都没有。

他好像闻到了培根的味道？

他说：“这里根本就没有人。”

“低头，你这个笨蛋。”

地上摆着一盘新鲜烹制的早餐。有鸡蛋、培根、香肠、豆子和抹着黄油的面包片。威廉弯下腰，用双手轻轻地端起了这盘早餐。他走进房间，将门用一只脚关好，然后把托盘放在了书桌上。

他看了一眼门，然后问：“这些也都是人造的，就像是飞机上那样，对吗？”

门回答说：“人造的又怎么了。味道一样好，而且更健康。”

威廉用叉子叉起一块培根，放到嘴里。他又试了试豆子和煎鸡蛋。味道好极了。还没回过味儿来，他就已经把盘子里的东西吃光了。

他嘟囔着：“这是我吃过的最好吃的早餐之一！”然后，他喝了一口茶。

威廉觉得浑身充满了力量。

他被这顿美味无比的早饭迷住了，因此没有注意到窗外的惊人美景。

威廉放下茶杯，将早餐托盘放在一边，然后爬到了书桌上。

他将鼻子压在冰冷的玻璃窗上。

向窗外望去，他能够看到一座被皑皑白雪覆盖着的公园。公园里的树肯定有好几百岁了，还有雕像、喷泉和修剪过的灌木。在公园的正中间有一个冰冻住的小湖，它的周围有几把长椅，还有几座小凉亭。

威廉看到一排高高的大树后面的积雪云。花园里还有一台有着细长的皮带的机器。这台机器看起来就像是一台巨大的吸尘器。所有的雪都被这台机器吸入了一个巨大的看上去就像是乐器小号似的“抽屉”里，然后，机器最上面有一根管子，它会将看起来更干燥了一些的雪花晶片喷出来。

这些雪花晶片在阳光下闪烁着，然后消失在空气中。

这台除雪机缓缓开动，经过了一个男人的身边。那个男人面前有一个巨大的雪球。他头上戴了一顶红色的毛线帽，脖子上围着一条巨大的绿色围巾。他把那个大雪球放在了一辆雪地摩托车的后座上。然后，他后退几步，将手放在臀部，看起来洋洋得意地注视着自己的“作品”。这时，一个小小的四方形机器人出现在这辆雪地摩托车后方，它还戴着一顶蓝色的毛线帽，冲着那个男人表示肯定地点了点头。突然，那个男人的脚底下喷射出蓝色的火焰，飞向小机器人。在飞过去的路上，他的帽子掉了下来。阳光照在他的金属脑袋上，闪闪发光。原来，那个“男人”也不是“人”，他只是一个机器人。

威廉专注地看着这两个机器人，它们在不停地制造雪球。当那辆除雪机形成的“雪云”都消失后，威廉看到树林后有一个巨大的笼子。那个笼子有足球场那么大。笼网之后，是绿油油的灌木丛。还有巨大的红色照射灯的光，照射在一片没有雪的地面上。借着灯光，威廉看到一个巨大飞行器的轮廓的投影。他想把窗户打开看得更清楚一些。但是窗户框被冻住了，他怎么都推不动。

“咚、咚、咚！”

威廉从桌子上跳下来。

他问：“谁啊？”

“咚、咚、咚！”敲门的声音变得更大了。

“对不起，我的程序已经被设定为必须适应敲门的强度。门外肯定是哈丽特，她敲门总是敲得很重，所以我每次被她敲过之后都会头疼。你快点去开门吧，免得她继续敲下去。”

威廉赶忙跑到门口将门打开。门前站着一位红头发的矮个子女士。她身穿灰色短裙、紫色上衣，戴着一副巨大的眼镜。她又矮又胖，看起来就像是一个正方形，胳膊下面还夹着一个灰色的文件夹。她穿着高跟鞋，踮起脚尖朝着威廉挥了挥手，看起来有点站不稳，仿佛要摔倒了。

“我们已经晚了，快点!”撂下这句话后，她就转身快步走进了走廊里。

威廉来不及反应，赶忙穿上鞋，马上跟了上去。

小个子女士在前面大喊：“快点！我们可不能把一整天都花在路上!”她已经走到了走廊的尽头，威廉不得不跑了几步。

“我叫哈丽特，我会带你去见本杰明·斯拉普顿，你认识他吗?”

威廉摇了摇头，说：“不认识。我只听说过他的名字而已，其他的一无所知。”

“他有点奇怪。”哈丽特透过眼镜边瞥了一眼威廉，“你快点跟上。我们时间很紧。”

他们走过一个拐角，然后沿着一条狭窄的石阶路继续往前走。

哈丽特在下楼的过程中丝毫没有放慢脚步。她的两条小短腿像鼓槌一样快速摆动，威廉几乎要跟不上她了。

然后，哈丽特推开一扇沉重的橡木大门，他们来到了一幢建筑的后面。接着，他们穿过了一个被皑皑白雪覆盖着的巨大公园，这个公园就是威廉在他的房间里看到的那个。现在天空中没有一片云彩，清晨的阳光洒在周围的树林上，时不时能够听到林间的鸟叫声。哈丽特在雪地上快步走着，丝毫没有减速。威廉盯着她的那双高跟鞋，不明白它们是如何高速地在无比光滑的地面上走动还能保持不被甩掉。

之后，他看到了一个巨大的笼子，远远望去，就像是一座小山。在这个笼子上面还挂着一个很大的牌子，上面写着："三级：请勿喂食植物！控制花园。"

威廉忍不住问："那是什么？"

哈丽特斜眼瞥了一眼，说："你以后就会知道的。"

威廉接着问："那个'三级'是什么意思？"

哈丽特加快了脚步，说："它意味着你需要花一些时间才能进去。说不定你会喜欢那里的，因为那是一个非常可怕的地方。"

威廉在匆忙的步伐中最后回头看了一眼，他很清楚"控制"一词的意思。他之前读过很多外公留下的关于"控制论”的书。这是一种关于先进技术系统的科学。有人曾使用它来制造机器人。威廉又看了看那个大笼子里的植物。如果这是一个被控制了的花园，那么它或多或少都会使用这一技术。威廉想近距离看看这个花园，但是现在没有时间。他得赶快跟上前面的这位小个子女士。

哈丽特在前面的雪地上又快走了几步，然后说：“快点。我们可不能把一整天的时间都耗在这上面。”

威廉马上跟了上去，但是突然，一个不知从哪儿飞出来的雪球打在哈丽特的后脑勺上，让她停下了脚步。她一个激灵，忍不住叫了出来，然后转身看。

哈丽特在前面大喊：“你到底在干什么？”她瞪着眼睛。

威廉也吓了一跳，害怕地说：“不是我干的。”

哈丽特说：“什么，难道——”这时，迎面飞来的一个雪球，打断了她接下来要说的话。雪球击中了她的脸，把她的眼镜砸了下来，落在了雪地里。

威廉转过身，朝着雪球飞来的方向望去，他看到不远处的一个雪堆后面站着两个机器人。

哈丽特生气地从雪地上拾起自己的眼镜，咬着牙说：“总有一天，我要把你们送进垃圾场。”

看起来，两个机器人对此威胁并不在意，大个的机器人已经开始制造一个更大的雪球了。

哈丽特大喊："快点！我们已经晚了！"说完，她迅速离开了这里。

第十五章

他们最后在一个有着圆形青铜屋顶的石头建筑前停了下来。这个建筑看上去要比他们之前所在的主建筑古老得多。

这个建筑的大门上挂着一个牌子，上面印着“圣乐”这两个烫金的大字。这时，门开了，一个身穿白大褂的男人走了出来。

哈丽特朝威廉看了一眼后说：“本杰明，早上好。我把威廉·温顿带过来了。”

本杰明·斯拉普顿抬起手臂，放在眼前，挡住阳光。

他头发乱糟糟的，站在原地看了威廉好一会儿。

“你就是威廉·温顿？”他意味深长地说了一句话，然后，伸出了手。

他抓着威廉的毛衣，把他拉进了大门，然后砰的一声，将哈丽特关在了门外。威廉可以听到她在门外惊叫的声音。

斯拉普顿看着威廉说：“真是一个讨人厌的女人，你不这么觉得吗？”

威廉听到这话后有点不知所措，只能说："我才刚见到她而已。"

"是的，不过这是事实。不用等到你完全了解她，你就会开始讨厌她的。"斯拉普顿一边说，一边朝着一个巨大的绿牌子前的椅子指了指，"你可以坐在那里。"

威廉环顾四周，看到这间房子的房顶是圆形的，四周高高的墙壁上安满了各种不同形状的机械装置。在房间的一个角落里有一台巨大的蒸汽机，房顶上还挂着一只机械鹰。威廉感到激动不已，浑身都在颤抖。他知道这里的一切都不仅仅是他所看到的这些机械。这个房间里面充满机械密码。他在外公留下的书里读到过这种密码。

他从未想过自己能够在现实生活中亲眼见到这种密码。

斯拉普顿仔细地审视了一番威廉，然后说："你看上去很平凡。这么普通的小男孩却解开了'无人能解之谜'。"

斯拉普顿用手指摸了摸自己的黑胡子。突然，他的黑胡子从他的下巴上"逃走"，跳到了他的肩膀上。

斯拉普顿大喊："不，快回来！"他赶忙伸出手，试图抓住继续顺着他的外套向下滑、然后跳向写字台的黑胡子，然而这一切只是徒劳。黑胡子灵巧地在一片混乱中左闪右躲。最后，斯拉普顿以最快的速度拿起一个咖啡杯，用力砸向黑胡子。

“抓住你啦！”他大叫着一把捉住了被砸中的黑胡子，用手举起它，展示给威廉看。

斯拉普顿心满意足地问：“你觉得怎么样？这是我自己做的。”

威廉一时间没有反应过来，他小心翼翼地问：“这是什么？”

“这是一个机械胡子。它有时会帮我跑个腿什么的。其实它挺好用的，但是有时会不听话，让我挺心烦的。”说完，斯拉普顿把这个黑胡子重新放回了自己的下巴上。

“但是我刚刚……嗯……我不是才……”斯拉普顿的写字台上乱七八糟的，他伸出手在上面乱翻了一通，“啊，在这里。我刚刚放在这里了。”他举起一个椭圆形的东西给威廉看。

斯拉普顿说：“这是你之前见到过的。”

毫无疑问，斯拉普顿手里现在拿着的东西就是“无人能解之谜”。

威廉脸红了：“是的，它怎么会在你手里？”

斯拉普顿骄傲地笑着说：“这是我做的。”

威廉一下子坐在了椅子上。

他结结巴巴地说：“可是……”他的脑海中一下子涌进了各种各样的念头。

“是你们组织了这场‘无人能解之谜’展览吗？”

斯拉普顿说：“你说对了。”

“可是为什么呢？”

斯拉普顿说：“当然是为了找到你啊。”说完，他盯着“无人能解之谜”看了看。

“我们不知道托比亚斯把你们藏到了哪里。所以我们就策划了这场‘无人能解之谜’巡回展览。不过，我们花了比计划中更长的时间。原来是在挪威。谁又能想到呢？不过，你最后还是上钩了。”

威廉背后一下子凉了，他忽然感到很害怕。坏了，如果外公不希望这个研究所找到他们，那他现在身处此处岂不是很糟糕？

“我知道你现在在想什么：为什么你的外公不希望我们找到你。”

威廉抬头看着斯拉普顿点了点头。

“托比亚斯在失踪之前，有些偏执。特别是你出事之后。他把你们藏在挪威就是因为他不想冒任何让别人发现你们的风险。你从你外公那里继承了很多东西，我很清楚你是无法将这些东西放下的。”斯拉普顿一边说，一边微笑着。

威廉不解地问：“为什么呢？”

斯拉普顿清了一下嗓子，然后说："首先，我们觉得你在这里是安全的。其次，我认为你可以帮助我们找到他。"

威廉吃惊地说："你是说找到外公？"

斯拉普顿说："是的。"他放下手中的"无人能解之谜"，从外套的口袋里取出了一些东西。他拿出了一个球，把它放在威廉面前。这个球有苹果那么大，上面满是奇怪的符号。

斯拉普顿说："每一个候选人都会得到一个。"

"候选人"——又是这个词，威廉带着疑问的目光看着斯拉普顿。

"对不起，我忘了你对我们的研究所还不太了解。候选人指的是下一代的破译者。所有的候选人都具有特殊能力，而我们这个研究所的工作就是帮助你们发展自己的能力。其他的候选人几乎是以和找到你一样的方式被我们找到的。只不过没有这么戏剧性罢了。"

威廉问："其他的候选人是否也赢得了那个比赛？"

"是的。截止到现在，我们一共找到了六个候选人。这个数字在不停地变化，但人数从来不会很多。因为我们在讨论的是超能天才。这个世界上这样的人可不多。你明天就能见到他们。不过，今天你必须花时间来了解你的球。"

斯拉普顿将这个球放在了威廉的手上。这个球又冰又沉，它比看上去重多了。

威廉低头看着手中的球，突然感到一阵刺痛："我的球？这是一个……哎呀！"原来球上面冒出了一个小针，刺了他一下。

斯拉普顿说："你什么都不需要担心。这只不过是为了检查你是否是合适的人选。"

威廉重复了他的话："合适的人选？"

"每一个球都是专属的。你还记得你在来到这里后做过的那些测试吧。"

威廉点点头。

"这个球是专门为你设计的。现在，它已经了解了你的遗传密码，今后只有你才能使用它。放轻松，它不会在你每次使用的时候都扎你一下的。"斯拉普顿狡黠地笑着。

他接着说："每一个球都是一把钥匙。但是它又不是真的钥匙。这个球是一个机械密码游戏，一共有十级。每当你解开一级之后，这个球都会获得一个新的功能，并且相应地，在这个研究所里，你能获得新的访问权限。"

威廉向斯拉普顿询问了关于那个控制花园的问题。

他问："这就是说，我只有通过了三级之后才能进入外面的那个大笼子？"

"是的，不过你必须有耐心。每个人都要花上数周的时间才能解开第一级。”

威廉看了看自己手中的球。这个球被分成了好几部分，上面有很多不同的符号，就像那个“无人能解之谜”一样。

这时，球面上出现了一个小小的显示屏，显示屏上闪烁着蓝色发光字“零”。

威廉问：“这表示我已经是一名候选人了吗？”

斯拉普顿说：“你想成为一名候选人吗？”

威廉勉强地笑了笑。这一切都太不真实了。

他说：“想。”

斯拉普顿高兴地拊掌大笑：“太好了！不过，我现在要走了。”他看了看表，突然一下子忙碌起来。

“你坐在这里熟悉熟悉你的球。你自己能找到回去的路吧。”说完，斯拉普顿开始动手搜集一大堆文件资料。

然后，他就踉踉跄跄地离开了这里，留下了一句：“走的时候把门带上就行，它会自动锁。”

威廉一个人坐在这个房间里。他闭上眼睛，用双手抱着球。

他感到自己的胃里又是一阵翻滚，有一种很温暖的感觉开始从他的后背蔓延至双臂。现在，这里只有他和这个球。然后，他再次睁开了眼睛。

球上的符号开始发出光芒，好像一下子从球里面跑了出来。

一些符号在变小，另一些符号在变大，它们都发出了不同颜色的光芒。威廉在一瞬间发现了一种特殊的模式。他的手指开始在球上的各个部分翻转、扭动。

然后，球开始震动。

这种震动变得越来越剧烈，威廉感到它似乎要在自己的手中分解了。

威廉将球从手中放开，它一下子浮到了空中，飘在他的面前。威廉站在原地看着球，观察着它的变化。一道蓝色的光从球体中射出来。这道光照射在威廉的前额上，形成了一个蓝色的小点，然后开始快速地前后移动，仿佛是在扫描他。最后，这束光又一瞬间消失得无影无踪，威廉伸出手，用手指轻轻地碰了碰球。而球也用一段电子声音回应了威廉，接着就开始降落。威廉在它落到地上之前用手接住了它。他重新感到了球的重量。但是他觉得球变得比之前轻了不少。他看着球上面的那个小屏幕，现在上面的“零”变成了“一”。

威廉的脸上露出了笑容。

他现在是一级了。

第十六章

一个小时之后，威廉来到了那个控制花园的铁门前。他低头看了看手中的球。

球上的小屏幕闪现过一个数字“三”。是的，他已经以不可思议的速度进入了三级。随着层级越来越高，球也变得越来越大，它在第二级的时候变得像是一个浴球那么大。但是当威廉解开了三级，它又忽然变得和一个铆钉一样小了。

威廉把手放在冰冷的铁柱上，想把这扇门打开，但它是锁着的。

他举起小球，对它说：“轮到你发挥作用了。”

可是，究竟如何使用这个球呢？他记得斯拉普顿说过：每一个球都是一把钥匙。他看了看这扇门，如果这个球是一把钥匙，那他是不是得找到钥匙孔呢？

他的目光停在大门中间的一个圆形凹槽上。

在这个凹槽里面，他发现了一个很小的圆形符号。

威廉弯下腰，靠近仔细地看了看。符号上面刻着一个很小的圆形，还有一个数字“三”。

威廉将手中的球放在这凹槽中。

但是，什么都没有发生。

于是，他又把球更加靠近凹槽一些。突然，球从他的手中飞出，然后砰的一声重重地撞在了大门上。

接着，它开始旋转，在威廉还没有反应过来之前，铁门就发出了咔嚓的一声，打开了。

一个冷静的声音在威廉耳边响起："欢迎来到研究所的控制花园。为了安全起见，我们需要您在进入花园后待在主干道上。请记住：不要喂食任何植物。祝您旅途愉快。"

威廉说："谢谢。"然后，他将自己的球放进了口袋里。

这座花园非常大。这里生长着他从未见过的高大的棕榈树和其他各式各样的茂盛植物。他抬头望去，这些树得有上百米高。树顶上，有巨大的鸟在盘旋，最上面还有巨大的加热灯。

这里就像是一个热带丛林，温度很高，让人感到有些压迫，又有些害怕。

一条石子路消失在他前方，指引着他前进的方向。威廉开始往前走。在经过了几个灌木丛之后，他来到了一个看起来像是公园的地方。这里有几个巨大的笼子沿着路的两边排放着。威廉走到这些笼子前，仔细地看了看笼网中的植物。它们看起来就像是很普通的仙人掌。在笼子上有一个黄铜的小牌子，牌子上面写着“Ferrum Ictus”。

威廉大声地念出了这几个字：“Ferrum Ictus…”然后他俯身好好地观察了一下。威廉知道在拉丁语中“Ferrum”的意思是“铁”，而“Ictus”则是“咬”的意思。“铁咬”？威廉觉得这种仙人掌的名字真奇怪。这时，他突然意识到，起这个名字绝对是有其道理的。突然，仙人掌张开了大嘴，里面满是锋利的牙齿，冲着威廉扑来。威廉赶忙往后一退，仙人掌一下子咬在了笼网上。

威廉吓得叫了出来：“哇！”他站在一旁看着那个仙人掌与关它的笼子搏斗，仿佛笼子就是它的猎物一般。最后，它停止了攻击，龇牙咧嘴地对着威廉。

“一个控制仙人掌机器人，有意思。”

威廉转过身继续往前走，边走边看其他的笼子。这时他发现，其实大部分的植物都能看出来是人造的，有的植物上面甚至还有一些小小的闪着光的灯。威廉一边在花园中走，一边大声读出他所见到的笼子的牌子上的名字：Toxic Vegetabilis、Pulchra Inferno、Homicidium Plantate、Diabolus Infernum[①]。

---

① 译者注：分别是毒蔬菜、公平地狱、杀人植物、魔鬼地狱。

威廉在一株植物前停了下来。这是一株看似雪橇的植物，横挂在两棵树之间。它就像是一张巨大的绿蜘蛛网。

这株植物在两棵树之间来回移动，仿佛正在风中摇曳。威廉靠近看了看它的牌子：Viridi Polypus。

他喃喃自语："绿章鱼。"

说完，他后退了几步，然后盯着这株巨大的植物，等待着什么发生。他突然听到了一阵震耳欲聋的尖叫声。他抬头向上看，发现有一只硕大无比的鸟正朝他冲过来。

威廉还来不及跑到后面的小坡那里躲起来，那株植物的"八条腿"，也就是它的枝条就伸入空中，一下子把那只鸟捆了起来。威廉一边跌跌撞撞地往后退，一边不眨眼地看着那只鸟和这株植物搏斗。绿章鱼将那只绝望的巨鸟牢牢捆住，然后吞入了自己黑暗巨大的口中。接着，它将这只鸟慢慢地吞咽下去，并打了一个响亮的饱嗝，将鸟的金属羽毛和骨头都吐了出来，撒得满地都是。

威廉意识到，他应该离开了。

他看了看四周，寻找出口的位置。他已经被这些植物包围了，完全找不到来时的路。于是，他只能碰碰运气，试着往回走。而现在，所有的植物看起来都饿极了，想抓住他来填饱肚子，它们都张开了自己有着满口锋利金属牙齿的大嘴，冲着威廉。

威廉不由得加快了脚步。

这时，一朵巨大的向日葵突然出现在他眼前。为了躲开它，威廉下意识地跳到一边，但脚下被一个很矮的篱笆绊了一跤，摔在一片巨大的草坪上。挂在旁边的一块牌子上写着几个黑色的大字：远离草坪！不过，威廉这一摔，让他看到了这块草坪那一边的铁门，而那正是出口。威廉环顾四周，然后马上开始往出口的方向跑去。

但是，过了几秒钟后，威廉就发现：他并没有前进。他跑得很快，却一点都没有移动。威廉低头一看，发现草地在后退。每一根草都在朝着威廉想要去的相反方向移动。

威廉停了下来。

他慌了。这不是一块普通的草地。威廉开始小心翼翼地朝着篱笆走去。但是他脚下的草地一直朝着反方向移动，无论怎么走，他都永远停在原地。威廉无助地看着周围。

突然，他脚下的草地开始滑动，一下子将他摔在了地上。威廉躺在那里，大口地喘气。他想要站起身，但是无论如何挣扎，手臂和腿永远在地面上滑动，怎么都站不起来。

忽然，所有的草都开始朝着一个统一的方向移动，威廉就像是被成百上千只蚂蚁搬运着一样。突然，他看到草坪中间出现了一个巨大的黑洞。这个黑洞吱吱作响，并且有两排可怕的巨大牙齿，还从黑暗中散发出了一股令人恐惧的恶臭。

威廉扯着脖子大喊：“救命！”

随着他离那个黑洞的距离越来越近，威廉感到越来越害怕。他吓得用手捂住了自己的双眼。他能够清楚地感觉到自己再有几秒钟就要碰到那些钢牙了。就在这时，草坪一下子停止了运动。

威廉心想：我已经死了吗？他不敢睁开自己的双眼。他只能躺在原地，等待草坪再次移动。

这时，他听到了一个很小的声音：“如果你想把它关上的话，可以问！”

威廉睁开眼睛看了看周围。他已经躺在了那个黑洞的旁边。他的一条腿卡进了那些巨大的钢牙缝里。他将腿抽回来的时候，裤子被撕裂了口子。威廉又能站起来了。他看到一旁的路上站着什么人。

那是一个女孩。她有着一头黑色的长发，系成了一条长长的辫子，垂在肩膀上。她的手中抱着几本书。

她严肃地看着威廉说：“所有的机器都有开关。你要是还不知道的话，下一次就只能等着被吃掉了。”她指了指一个控制面板上的红色大按钮，上面写着“开关”。

威廉挤出一个笑容：“谢谢。”

然后，这个女孩转身就要走。

威廉在她身后大喊：“等一下！”

女孩停下来，转过身疑惑地看着威廉。

威廉跳过篱笆，然而他又一次被绊了一下，差一点再次摔倒。他踉跄了几步。

然后，威廉一边指了指身后的那个大黑洞，一边说：“谢谢你刚刚……”

她生硬地打断了威廉的话：“Cibum Tritor。”

“什么？”

“那是绞肉机的意思。我觉得它不是个原创的东西。不过这里大部分的机器都缺乏原创性。”她一边说，一边轻蔑地看了看周围的东西。

威廉问：“你叫什么名字？”

女孩回答说：“伊斯亚。”

“这不是那不勒斯外的一个岛的名字吗？”

她点点头说：“你说的是‘伊斯基亚’。”

二人互相看了看对方。

威廉环顾四周，然后问：“请问这些都是什么？”

“这些都是实验，就像是这个研究所里其他的东西一样。”

威廉说：“我觉得你并不喜欢机器人。你是不是这里的候选人之一？”

伊斯亚说：“你问得太多了。你到底是怎么进来的？”

威廉从口袋中拿出自己的球说：“用这个东西。”

她有些诧异：“真的吗？”

威廉说：“真的。”

“你什么时候拿到这个东西的？”

“今天。”

“然后你就已经来到了三级？”

威廉觉得自己的脸红了。他忍不住低下了头。

伊斯亚说：“算了，反正你也没有什么待在这里的理由。只有我才会经常来这里。”

说完，她就头也不回地走了。

威廉站在原地一直看着她，直到她消失在两丛咆哮着的玫瑰花后。

第十七章

威廉从床上跳下来，跳到冰冷的地板上。他打开门，看到门外放着一盘看起来和昨天一样的美味早餐。令人意外的是，早餐的旁边，还有一个棕色的包裹。

门说："你还在等什么？把它打开。今天是一个大日子。"

威廉拿起包裹，觉得它很轻，这让他感到很失望。他走到床边坐下。一张小小的卡片插在包裹的缝隙里。威廉将它抽出来，上面写着：请在七点钟准时到达餐厅。

威廉一下子开心了起来。他肯定是要去和其他候选人见面了。还能见到伊斯亚。于是，他打开了包裹。

包裹里是衣服。

威廉站起身，把这些衣服放在床上：一件灰色斜纹软呢外套，一件浅绿色的衬衫，一个紫色的领结，一条深蓝色的长裤，还有一双黑色的鞋。

几分钟后，他换好了衣服，站在镜子前。

外套有点大，裤子也有点长。

他看起来像是另外一个人。

他看起来太规规矩矩了。

威廉把自己的头发乱抓了一通。

没有什么效果。

于是，他将衬衫最上面的一颗扣子解开，又把领结松开了一些。

好一些了。

他看到胸前的口袋上面缝着一小块牛皮。他将身子靠近镜子，看到上面画着一个球体。他将自己的球从床头柜上拿起，放在口袋里。这个口袋的大小正好合适。

门说："威廉，祝你好运。"

威廉走向楼梯，这时，他停下脚步，转过身。他看到下面的走廊里有一位老妇人，她身后还有一辆清洁车。她抬头看了一眼威廉，并和他打了个招呼。她的肩膀上停着一只蜂鸟。威廉向她点头示意，然后转身走下楼梯。就在他快要离开楼梯的时候，他无意间转头看了一眼那个老妇人刚刚所在的地方，却愕然发现她不见了。

威廉在一扇打开的巨大餐厅大门前停下。餐厅里面有一百多人，大部分都是成年人，有的穿着白大褂，有的则穿着西服。各种各样不同的机器人在一张张圆形桌子周围忙碌地穿梭着。它们在以超高速进行服务和清洁。

“威廉·温顿?”

威廉转过身，看到了一个又高又瘦的机器人，它身穿黑色西服，脚下是四个小轮子。

威廉回答：“是我。”

这个机器人说：“跟我来。”然后，它转身走进了餐厅。

威廉跟着它走过一张张餐桌。有的人会时不时地抬起头冲他点头致意。威廉也会朝着他们点头致意。

这时，他听到身后有人喊：“威廉。”

他转过身，看到了本杰明·斯拉普顿。他正独自坐在一张桌子上冲他挥手。他说：“你们吃完早饭后回来见我，我们一会儿见。”

威廉快速地冲他点了点头，然后继续跟着那个机器人走。

机器人用它纤细的手臂指了一张桌子，然后说：“请吧，你就坐在这里。”这张桌子周围已经坐了六个人，其中包括伊斯亚。

六个人看起来和威廉差不多大。他们都穿着和他一样的衣服。威廉觉得他们看上去并没有什么过人之处，可以说是非常普通、平凡的小孩。如果在挪威，他们应该就是他班上的同学。他朝他们礼貌地打了个招呼。他们也冲着他点点头，谁都没有说话。

威廉坐了下来。伊斯亚看了他一眼。他朝她微笑，但是她没有什么反应，接着低头吃饭。

这是否是因为昨天发生的事情？因为他已经和她是一级的了？还是因为他进入了她的领域？

好吧，就让那些讨厌的植物和那个愚蠢的花园只属于她自己吧。

第十八章

斯拉普顿说："真不走运！卡住了。"

他现在站在一个活梯上，用指示棒敲击着白板上挂着的一个卷起的投影屏。

七人小组围坐在斯拉普顿的周围，不耐烦地看着他。他站在梯子上，而梯子摇摇晃晃的，看上去很不安全。然后，他猛拉了一下操作柄，投影屏放了下来，而梯子也开始倾斜。斯拉普顿用力拉开投影屏，同时背朝下落在了他的讲桌上。

他从写字台上跳起来，脸上挂着胜利的笑容。

"看到了吧！只要不放弃，一切都会实现！"他开心而满意地边喊边跳下了讲桌。

然后，他微笑地指着威廉说："朋友们，今天是一个特别的日子。我们这里来了一位新的候选人。让我们欢迎威廉·温顿。他是从挪威来的。"

其中一个男孩吃惊地说："挪威？"

还有几个人笑了出来。

斯拉普顿不在意地接着问："你带着自己的球吗？"

威廉点点头。

“昨天有什么收获吗？”

威廉有些犹豫。他看了一下其他人。

“我理解。对大部分人来说，第一级确实很难。”

威廉点点头。

突然，一个声音从后面响起：“他已经是三级了。”威廉扭过头看，是伊斯亚。

小组内发出一声惊呼。斯拉普顿也咳嗽了起来。

他惊讶地问：“三级？”

所有人都盯着威廉。

斯拉普顿走向前说：“让我看看！”

威廉将自己的球从口袋中取出，递给他。

斯拉普顿赶忙接过来，转过身走回讲台旁。他将这个球在手中翻转，然后把它放在耳边，背对着其他人。仿佛过了很久，他再次转过身，睁大双眼看着威廉。威廉已经知道接下来会发生的事情了。他肯定破坏了这里的什么规矩，因此他们会将这个球从他手中收回去。或者是会把他赶走。

斯拉普顿指着这个球，问：“你是怎么做到的……？”

威廉没有回答。

斯拉普顿看着其他人。

然后他举起威廉的球问大家："你们中有多少人达到了三级？"

没有人回答。

只有伊斯亚举起了手。

斯拉普顿接着问："没有其他人了吗？弗雷迪？"

斯拉普顿指着一个身材高大的男孩，他有一头棕色的鬈发。

弗雷迪摇了摇头，并瞪了一眼威廉。

斯拉普顿说："威廉，这是前所未有的。"

他将那个球还给威廉，威廉赶紧把它重新放回了自己的口袋。

斯拉普顿接着说："我们的这个研究所里有很多优秀的候选人。但是……"他一边说，一边从口袋里拿出了一个白色的遥控器。他站在那里盯着威廉看了很长时间，然后接着说："今天，我们要继续学习历史上的科学技术。我们现在学到哪里了？"

威廉看着其他人。弗雷迪躲在他的身后。

伊斯亚说："埃及人的电池。"

"是的，埃及人的电池。还有四千五百年前的电灯。"斯拉普顿将遥控器对着投影屏按了一下。

然后一幅照片出现在大家面前，照片上是一个黏土罐。

他接着说："就像你们看到的，这些都是利用和现代电池一样的原理制作出来的。其实真的非常简单。"

斯拉普顿又按了一下遥控器，黏土罐就消失了，又出现了一篮子土豆。

他看着众人问："需要多少个土豆才能让一个灯泡发亮？"然后他又补充说："嗯，这不是一个关于灯泡的脑筋急转弯。"

伊斯亚举起了手。

斯拉普顿问："有其他人知道吗？"

威廉说："一个。"

伊斯亚狠狠地瞪了他一眼。

斯拉普顿说："回答正确。只要一个土豆就可以有足够的能量点亮一个灯泡了。"

威廉以前曾在外公的一本书中读到过关于这个土豆灯泡的内容。斯拉普顿将遥控器放回口袋里，走下讲台。他拿出了两个盒子，其中一个里面装满了土豆，另一个则是灯泡和导线。

"现在，让我们来看看这究竟是否可以吧！"

威廉低头看着自己的桌子，不到一分钟，一个土豆灯泡就组装完成了。

斯拉普顿对他说："干得漂亮，威廉。既然你已经完成了，那你可以帮助一下其他人吗?"

威廉的脸腾的一下红了。他可不敢去贸然指导别人。他看了看周围。有的人正在看着他窃窃私语。威廉很熟悉这种情况。他知道自己已经成了一个不受欢迎的人。

下课后，当所有人都在往外走的时候，斯拉普顿冲着威廉大声说："威廉，请等一下，你能稍微多留一会儿吗?"

威廉停下脚步。但弗雷迪突然撞了他一下。

威廉赶忙说："对不起。"

弗雷迪低声说："混蛋。"

斯拉普顿说："你去把门关上然后过来。"他看着威廉，好像有话要说。但是他又看起来在思索是否应该和他说这番话。

最后，他开口说："我和你外公很熟。"

威廉在等他继续说下去。

斯拉普顿犹豫了一下，接着说："我们一直都是好朋友，直到他失踪。我们曾一同在世界各地考古发掘。或许我不应该把这些告诉你……"

威廉忍不住问："不应该告诉我什么？"

斯拉普顿看了看远处，然后弯下腰小声地说："你听说过骇金吗？"

第十九章

斯拉普顿教授走到一个书架旁，将食指放在一个架子上，朝下按了一厘米。然后，这个书架开始移动，并向后退去。书架突然分成两部分，露出一个幽暗的走廊。

斯拉普顿说：“跟上。我有东西要给你看。”说完，他就消失在了黑暗中。

这个走廊的高度刚好够斯拉普顿站直。

威廉马上跟了上去。

他问：“我们要去哪儿？”

斯拉普顿从口袋里拿出了一个手电筒，将它打开。

他说：“下面。”然后，他在走廊的尽头走下了一个楼梯。这里闻上去有发霉的味道，两边的墙壁也是斑斑驳驳，长着青苔。

斯拉普顿说：“我们的研究所建造在一个古老的城堡之上。”

威廉打了一个寒战。这里又阴又冷，他觉得很不舒服。

但是如果想多了解一些关于外公的事，他就不得不咬紧牙关坚持下去。

斯拉普顿小声说："我们快到了。"然后，他在一个很古老的门前停下脚步。

这扇门轰隆隆地缓缓打开，斯拉普顿转过身，严肃地看着威廉。

"你必须向我保证，你在这里看到的一切都不会告诉别人。这是我们研究所最机密的地方。"

威廉点点头。

斯拉普顿转身走了进去。

威廉想跟上，但又有些犹豫。

斯拉普顿在前面说："在你进来让我把门关上之前，我不能开灯。"

威廉走进了这间可怕的暗室。那扇门在他身后被重重地关上。然后，他站在原地，感到有什么可怕的事情将要发生。他听到了一个低沉的声音，然后天花板的灯就亮了。威廉看了看四周。这间房子并不大。周围的墙壁都是砖砌的。

斯拉普顿站在一个看上去很古老的控制面板旁。

除此之外，这个房间里什么都没有。斯拉普顿冲着威廉招手。

威廉问："你要给我看什么？"

他现在的感觉非常不好。他正处于这个研究所里的一间密室里，而且身边还有一个他根本就不了解的“陌生人”。另外，也没有其他人知道他现在在这里。

威廉感到自己的声音有些颤抖：“你说你要给我看什么东西。那和我外公有关系吗？”

斯拉普顿说：“你现在可以转过身来。”

威廉转过身来，听到一个生锈的按钮被按下的声音，接着，斯拉普顿走到了威廉身边。他们脚下的地板开始轰鸣。

斯拉普顿小声地对威廉说：“你马上就能看到了！”他指了指地面。

一根圆柱从地面上升起，直径有一个井盖那么宽，它停止上升后有斯特拉普那么高。

斯特拉普靠近威廉说：“是不是很有意思？”

威廉跟着他往前走了几步。

圆柱体的中间打开了一个舱门，门后有一层很厚的玻璃。

斯拉普顿解释说：“这是用来防盗的装置。”

“不过它所保护的东西已经不见了。”

玻璃后面忽然发出了一道蓝色的光。威廉站在原地看着它。他有一种强烈的感觉，自己曾在什么地方见过它。

威廉说："这是什么？"

斯拉普顿没有回答。他站在那里，盯着厚厚的玻璃里面正在闪烁的光亮。

威廉疑惑地问："斯拉普顿教授？"

斯拉普顿还是沉浸在他自己的思绪中。

然后，他说："这是骇金，或者……更准确地说……它曾是骇金。"

斯拉普顿示意让威廉靠近一些看。威廉倾身往前看了看。里面是空的。

他问："骇金是什么？"

斯拉普顿说："骇金是一种金属。或者更准确地说，它是一种智能金属，一种可以自己思考的金属。"

威廉说："智能金属？"

"它是由原子大小的微型计算机组成的，每一个原子都可以进行自我运算，完成自我思考的计算机程序。它可以模拟一切，甚至还可以模仿人类的大脑。"斯特拉普的脸上露出了非常严肃的表情，他接着说："骇金是全世界最危险也是最迷人的一项科学技术。如果它落入了坏人的手中……"斯特拉普停了一下，他的眼神变得幽深而闪烁。"不过，这还不是最令人惊讶的。"他接着说道。

威廉问："什么？"

“骇金其实非常古老，已经被埋藏在地下厚厚的岩石和煤炭层中长达数百万年之久了。第一次被发现可以追溯至1860年。”

威廉看着斯拉普顿：“它是怎么被发现的呢？”

“当时在伦敦，有工人在地下的隧道里进行采矿作业。一个名叫亚伯拉罕·塔利的矿工在挖掘第一条矿道时无意间发现了骇金。”

威廉想，亚伯拉罕·塔利。这是之前弗里茨·高夫曼曾经提到过的人。就是在找他的人。

斯特拉普接着说：“但是，在发现骇金之后，发生了一件不幸的事情。十名矿工遇难了。亚伯拉罕是唯一的幸存者。他被送往医院，昏迷了三天。等研究出其他工人的死亡原因时，一切都已经太晚了。亚伯拉罕早已经消失得无影无踪了。”

威廉问：“他们是怎么死的？”

“被亚伯拉罕勒死的。”

斯拉普顿停了一下，然后以审视的目光看着威廉，好像在确保这件事没有给威廉造成太大的负担。

威廉不解：“这是为什么？”他有种预感，他将会知道一件非常可怕的事情，但是他的好奇心也在不断增加。

“是为了掩盖他发现的东西。当时，骇金已经进入他的身体，马上就要接管他的意志了。”

威廉的脑子里出现了一个不可思议的想法：“但是……如果亚伯拉罕·塔利是在一百五十多年前发现的骇金，那也就意味着……”

斯拉普顿说：“他现在是一个很老的人。他的身体出现了来自骇金的副作用。他消失一百年之后，曾经在1960年左右再次现身。当时你的外公和另外一些同事一同创办了这个研究所。这是为了确保骇金不落入不法之徒手中。他们开始寻找骇金的其他来源。只要有一点发现，就会藏在这个研究所里，就是这个房间。这是为了躲避亚伯拉罕。”

“躲避亚伯拉罕？这是为什么？他还会回来吗？”

“他要获得更多的骇金。他需要新的补充。”

“那他现在在哪儿？”

“我们也不知道。他在八年前再次消失了。就在你外公消失的同一时间。”

威廉感到自己在颤抖：“是不是他袭击了我们？”

斯拉普顿伸出一只手，抚摸着那个玻璃，说：“我觉得不是。有可能是他的一个助手。”

威廉指着那个空的箱子问：“但是亚伯拉罕还是从这个研究所偷走了骇金？”

斯拉普顿说："是的，是有人把它偷走了。但不是亚伯拉罕。"

威廉问："那是谁？"

"你的外公。"

第二十章

第二天一早，当威廉再次进入餐厅的时候，其他候选人都已经在吃早饭了。威廉拿了一盘自助早餐，然后朝着其他人点头致意，坐下开始吃饭。他觉得自己饿极了。

昨夜，他几乎没有合眼。在听完斯特拉普和他说过的话之后，他根本就不可能平静下来。关于骇金，关于亚伯拉罕·塔利，关于外公。威廉不相信是外公偷走了骇金。他思考了一夜，觉得脑袋里面是一团浆糊。

他必须换一换脑子，于是他看了看周围。

伊斯亚正坐在他旁边用叉子翻动着自己盘子里的食物。他试图和她进行目光的接触，但是她一直都没有抬头，只是低头盯着自己的盘子。

这时，餐桌的另一边有人对他说："让我看看你的球。"

威廉抬起头，看到弗雷迪正凶神恶煞地盯着自己。威廉又咬了一口煮鸡蛋，没有回应他。他不想惹事。

但是弗雷迪不愿意放过他。

他接着说："没有新人能在一天之内就达到三级，如果你没有作弊的话。"

威廉试图让自己无视他的话，专注在早饭上面，模仿着之前在挪威，每当有人叫埃利特的名字找茬的时候，埃利特会作出的反应。但是，看起来这种反应放在弗雷迪身上不管用。

他握紧了手中的叉子，对着威廉。不一会儿，一块培根砸到了威廉的额头上，又落在了他的胸前。

伊斯亚突然说话了："别招惹他。"

弗雷迪说："闭上你的嘴。"

伊斯亚说："我只想安安静静地吃顿饭。"

弗雷迪说："我说闭嘴。"

随着很响的啪嗒一声，半个鸡蛋砸到了她的身上，然后落进了她的盘子里。伊斯亚攥紧拳头，闭上了眼睛。威廉抬头看着弗雷迪，他的叉子上现在叉着一块香肠，并对准了威廉。

威廉收回了他的目光，低下头接着吃饭。

"我猜你一定觉得自己比我们都聪明吧，因为从一开始就走了狗屎运？"弗雷迪继续挑衅道。

这时，一个大人冲着他们大声说："你们那边安静一点！"

威廉的脑袋上冒出了冷汗，同时感到自己的肾上腺素在飙升。他沉下肩头，想要集中精神在自己的早饭上。然而，又一块香肠砸到了他的鼻子上。

伊斯亚小声说："忍一忍。他的注意力就像金鱼那样，一会儿就忘记了自己在想什么了。"

威廉抬起头，与她的目光交汇。他觉得在她的那双明亮的蓝色大眼睛里获得了一种新的力量。

弗雷迪现在是真的生气了："我说了让你闭嘴！"然后他又朝着伊斯亚的眼睛扔了一块鸡蛋。

弗雷迪说："这里没有人对你的能力感兴趣。"说完，他又重新举起了手里的叉子。

威廉说："够了。"

弗雷迪好像是吃了一惊："哎哟，原来他会说话啊。"

威廉和弗雷迪坐在那里，互相盯着对方看了很久。

最后，弗雷迪叫嚣着说："好的，下午两点的时候咱们在圣乐堂后面见。你死定了！"

第二十一章

下午两点的时候，威廉如约来到了圣乐堂后面。这里看起来好像没有人经常打扫，雪已经可以没过威廉的膝盖了。但是他并不觉得冷，因为他实在太紧张了。他其实很少会这么紧张。或许是因为他昨天没有睡好。又或者是因为斯拉普顿告诉他的那些事。他紧张地看着周围，或许弗雷迪已经临阵退缩了？又或者他已经把这件事情忘了。威廉决定再等上几分钟。至少，可以说自己确实来过了。他的手指已经冻得发疼。他将双手伸到嘴边，哈气取暖。但是一点用都没有。它们还是颤抖不已。

突然，他听到了弗雷迪的声音："你准备好了吗？"

威廉转过身看到弗雷迪，在不远处他身边还跟着另外两个男孩。

"你看起来可不像是准备好了。"弗雷迪讥讽地说。

威廉说："我准备好了。"

"你是不是从来都没有进行过双球竞赛？"弗雷迪举起他自己的球，轻蔑地看着威廉。

双球竞赛？弗雷迪说的这个是什么意思？

威廉本来已经做好了准备要打一架，就像是以前人们会做的那样。

他赶忙从口袋中拿出了自己的球。

他的心脏剧烈地跳动，他觉得它快要跳出自己的胸口了。这时，弗雷迪的同伴向后退去。弗雷迪则用双手握好了自己的球，开始扭动。然后，突然将它对准了威廉。

弗雷迪的球一瞬间向威廉高速冲去，威廉一下子扑到一旁的雪地上，才勉强避开了攻击。威廉爬起来看着弗雷迪的球。但是，这个球没有撞向威廉身后的墙壁，而是在空中转了一个弯，就像回旋镖一样，漂亮地一转，重新飞回了弗雷迪手中。弗雷迪就像一个职业棒球选手，接住了球。威廉还没反应过来，弗雷迪又砸了一次。这一次，威廉又不得不栽进了冰冷的雪地里。

弗雷迪的球重新回到他的手里，威廉也站起身。

他看了看周围。他看到有另外一群人向这里走来，但是没有伊斯亚。

弗雷迪大喊："你磨磨蹭蹭地干什么？你就什么都不做吗？因为这对你来说太简单了吗？"

威廉开始研究自己的球。突然，弗雷迪的球向他袭来，一下子击中了他的肚子。威廉被撞得一路后退，向后栽倒在深深的积雪里。他躺在地上，感到腹部一阵疼痛。

这一击很严重。

他的手中攥着自己的球，然后尽全力集中精神。他可以听到弗雷迪的嘲笑声和叫喊声，但是他听不清他在说些什么。威廉陷入了深度集中的状态。他感到有什么东西从胃里开始向他的四肢和脑袋移动。然后，他的手指开始运动。他能够感到弗雷迪的球再次砸向了他的脑袋，然后又消失不见了。但是他并不在乎。他的球开始变化，发出声响，并且越变越大。然后，威廉的球的屏幕上出现了一个数字“四”。一切发生得那么理所应当。他抬头看着弗雷迪的球又一次冲向他。威廉翻身从地上爬起，将自己的球扔向空中。一道蓝色的光从他的球里射出，在他面前形成一道透明的墙。弗雷迪的球被这面墙反弹后落入了雪中。

球砸出的洞里冒出了一缕青烟。威廉看着仍在他身边环绕着的球。他伸出手，球上的光芒就消失了，重新落回他的手中。弗雷迪瞠目结舌地盯着威廉。

他结结巴巴地说：“嗯……你是怎么……”他的脸色变得煞白，如同地上的雪一般。而他的那些伙伴也一溜烟地消失在了房子的拐角处。

在研究所后面的空地上，大片大片雪花从空中飞落。

威廉抖抖索索地在雪中行走。道路的两边，巨大的树木伸出的枝条笼罩在他的头顶。

他看了一眼自己手中的球。现在，他达到四级了。他觉得好像是这个球感受到了他需要帮助。或者是说他们在互相帮助。他将球重新放回外套的口袋里，继续思考着这个球里面究竟还隐藏着什么样的秘密。

这时，他停下脚步。他感到有什么人在盯着自己。威廉抬起头，看到了伊斯亚正站在前面的一棵大树下。

她已经得知自己和弗雷迪进行过双球竞赛了吗?

她冲威廉喊："威廉!"并向他挥了挥手。

威廉走近后发现，原来她在树根上面做了标记，让他可以跟着走过来。

被白雪覆盖的巨大树枝将他们周围建筑物的窗户都挡住了。

他们两个站在一起互看了一会儿。威廉觉得自己又脸红了。

她说："谢谢你。"

威廉有些意外："谢我什么?"

"谢谢你今天打败了弗雷迪。这是他应受的惩罚。"

威廉说："我觉得我可能把他的球弄坏了。"他其实觉得有些良心不安。

伊斯亚笑着说："没事儿，可以修好。最坏的情况就是他得换一个新的。这样一来，他就得重新开始了。”伊斯亚笑得有些不怀好意。

然后她向威廉伸出了手。

“我们做朋友吧？”

威廉看着她的手，仿佛在看着来自另外一个星球的东西。

她又说了一遍：“我们做朋友吧？”

他握住了她的手。她的手很温暖。

然后威廉也微笑着说：“是的，我们是朋友了。”

第二十二章

这一夜，威廉睡得很香。第二天一早，他醒过来的时候，因为弄坏弗雷德的球而带来的良心不安已经一扫而空。吃早饭时，弗雷迪一眼都没有看他。威廉觉得，偶尔的“以暴制暴”看来还是有用的。早餐后，他们都收到了当天的日程计划。第一项安排是向玛戈特教授学习宇宙学的问题解决方法。

宇宙学教室的大门是一扇巨大的橡木门。它缓缓打开后，门口出现了一位身着条纹裙，手拄一根拐杖的驼背老妇人。她是这所研究所里最老的教授，走起路来就像一只年迈的乌龟，慢吞吞的。伊斯亚在早饭时就已经把这个情况告诉了威廉。

玛戈特用有些嘶哑的声音冲着他们大喊：“全部找到自己的位置坐好！”

威廉一直看着她。她的脚步停在了一个台阶前面，然后抬起脚，打算迈步走上讲台。

威廉小声地说：“你觉得她没问题吗？”

伊斯亚在威廉身后低声回应：“你等着看吧。”

玛戈特教授静静地站了一会儿，然后击了三次掌。这时，两条机械手臂从天花板上伸下来，将老太太如同一个小婴儿似的抱了起来，将她举到空中，把她放在讲台上写字台后面的椅子上。然后，这两条机械手臂迅速地升上天花板，消失不见。

玛戈特教授挥舞着手中的拐杖，冲着台下大喊："你们还在等什么啊？还不快坐下。"

威廉马上坐了下来，然后看了看周围。在这个房间的天花板上画着各种星球。四周的墙壁旁都立着一些高大的书架，上面放着很多地球仪。一些地球仪像苹果一样小，还有一些则像排球一样大。

玛戈特大声说："我们今天接着上周的内容讲。"说完，她按下了写字台上的一个按钮。

一个很小的方块出现在她的面前。在这个小方块的前面有三个小镜头。一道光从它里面射出，但是很快就灭了。

玛戈特举起拐杖，生气地说："这个该死的投影仪！怎么那个看门的还没有把它修好啊？"

她又把投影仪反复戳了好几下，终于，投影仪的灯亮了。然后，她放下了手里的拐杖。突然，投影仪从屋顶上掉了下来，马上就要砸到老太太了。

威廉见状大喊："小心！"

然后，投影仪并没有如预想中那样砸到玛戈特的头上，而是一个转弯停在了一旁，晃晃悠悠地在地上扑腾了几下。

玛戈特教授冲着它大吼：“快停下，老实点！”

于是，投影仪又重新回到了空中它应该待的位置上。

威廉坐在座位上，看着手中的那本奇怪的小书。它在发出很轻微的嗡鸣声。

投影仪重新投入工作，一个三维的星球出现在大家的眼前。这个星球越变越大，最后变得有一个篮球的大小。然后，它开始转动。威廉觉得它看上去像是一个燃烧着的太阳。这时，又出现了一个新的星球。这个新的星球稍微小一些，是灰色的，上面还有深色的斑点。小一些的星球开始围绕着大的星球转动。威廉觉得它是水星。现在展示给大家的肯定是银河，而最中间的就是太阳。

这两个星球在按照一定的轨道运行。这是一个缩小版的太阳系。

威廉曾经在外公留下的几本书中看到过关于星系的内容。

每当抬头仰望星空的时候，他就会感到自己所在的这个地球的渺小。如果外公现在还在这个“小星球”上，那他就一定能找到外公。

这时，玛戈特教授对大家说：“开始。”这句话把威廉从自己的白日梦里拉回了现实。

他看到这些星球在朝着自己运动。他转开身子，其他人也在这么做，每个人的身边都围绕着一些自己的星球。

玛戈特教授按下了一个写字台上的按钮，然后说：“你们现在有一个小时的时间来重新建造银河。”

这时，一块屏幕出现在了她面前。

一个如丝般柔滑的声音从机器中传出：“我们可以通过以下三个步骤制作出美味的巧克力玛芬蛋糕。”

威廉在外面的花园里坐了一会儿，吃着自己早上从餐厅里打包好的午饭。其余的候选人都和弗雷迪一块坐在不远处。弗雷迪会时不时地和别人小声地议论几句，并对着威廉指指点点。其他人还会笑几声。

这时，一个声音突然从威廉背后出现：“他们真是一群真正的蠢货。”

威廉闻声望去。

原来是伊斯亚，她走过来坐在他身边。

伊斯亚接着说：“这些家伙，就算把他们放到北极去，他们也找不到南在哪个方向。我看到你已经完成了你的星系任务了。你为什么不告诉玛戈特教授？这样你就可以从她那里获得额外的分数了。”

威廉低头看着自己手里的食物，说："不知道。"

威廉长期生活在一个需要他时刻保守自己家里秘密的环境中，不习惯于在外人面前展现自己的聪慧。他也没有想去证明自己的需要。但是伊斯亚和其他人不一样。他想要让她知道，他能够做好，他是聪明的。而且她发现他已经把任务提前完成这件事本身，就让他感到非常高兴。

伊斯亚看到玛戈特教授从宇宙学教室的大门里走出来，将门锁上。她对威廉说："你看！"玛戈特教授锁好门后，将钥匙放进口袋，然后拄着拐杖慢慢离开。

她的胳膊下面还夹着一个灰色的文件夹。伊斯亚的眼睛一直盯着那一沓文件看。

伊斯亚小声对威廉说："你看到那沓文件了吗？"

威廉说："嗯，看到了。"

"我想知道那里面是什么？"

威廉站起来问："那是什么？"

"我也不知道。但是他们一直都在那些文件里记录着什么东西。里面肯定有大量关于我们的信息。我曾问过很多次能否看看我自己的文件，但是他们一直不同意。我觉得这个研究所对我们的了解肯定比我们自己还要多。"

伊斯亚说完站起身，拍了拍裤子后面粘上的雪。

然后，她又若有所思地说："不过，我确实很想知道他们计划把我送到哪里去。那肯定写在了那份文件里。”

威廉意外地问：“把你送到哪里去？这是什么意思？”

“每年，我们中的一些候选人都会被送走。我不知道是送到了什么地方。一切都是在秘密中进行的。那些要被送走的人也不知道他们将被带到什么地方去。”

威廉大吃一惊：“你现在是在开玩笑吧？”

但是伊斯亚的表情看起来很严肃。

“没有，我并没有在开玩笑。我有一种感觉，我将很快被送走。”

威廉急忙问：“你觉得在你的那份文件里面会记录你将被送去的地方？”

伊斯亚说：“我也不是很确定。我希望是吧。”

威廉问：“那些文件平时都被保管在什么地方？”

伊斯亚耸了耸肩。

“我听说它们会被存放在一个叫做档案室的房间里。但是我不知道这个房间在什么地方。我只是听人说起过而已。我也不知道这个档案室是否真的存在。”

威廉陷入了沉思。在这里有一个存放了信息的秘密档案室。而这正是他现在最需要的。在斯拉普顿告诉了他那些事情后，他现在很确定这个研究所一定知道他外公现在在哪儿，还有他为什么会带着骇金逃跑。

威廉挠了挠头，然后说：“我们现在需要一张这里的地图。”

伊斯亚突然说：“投影仪！”

“你说什么？”

“我说玛戈特教授的投影仪，它里面有几乎所有地方的全息投影地图。或许它里面也有这间研究所的地图呢？”

威廉拉起伊斯亚的手说：“那就让我们去把它借来用用。”

第二十三章

宇宙学教室的大门被轻轻推开，威廉朝里面看了一眼。那台投影仪还悬挂在天花板上，就在玛戈特教授写字台的正上方。威廉悄悄溜进教室，并朝着伊斯亚挥了挥手。伊斯亚谨慎地朝着周围仔细地看了看。

她小声说："我不喜欢这种行为。"

威廉对她说："没有问题的，来吧。"说完，他递给了她一个发卡。

她一边接过这个发卡，把它重新别回头发上，一边问："你是怎么学会用这个开锁的？"

他说："我从一本书上学到的。"

伊斯亚抬头看着投影仪，然后又紧张地环顾四周，说："如果我们可以把它拿下来，之后得把它拿到别的地方去，因为这里会有保安过来。"

威廉说："我们先得把它拿下来。"他站在写字台旁边。

他看到写字台的右上角有一个按钮，于是按了一下。接着，投影仪发出了嗡鸣声，但是它并没有移动。

"它为什么还挂在那里？我们得把它弄下来！"

威廉看了看周围。然后，他想出了一个办法。他指了指挂在天花板上的那两条机械手臂，说："只要对着它们拍手它们就会动，对吧？"

他拍了三次手，接着，那两条手臂就被唤醒了，它们从空中落下，举起了伊斯亚。

伊斯亚紧张地压低声音说："别动我啊！"

但是她反应得太慢了。她一瞬间就被举到威廉上方的空中。

威廉说："对不起，我本来以为它们会把我举起来的。现在，你可以够到那个投影仪了，因为你已经在高处了。"威廉忍住了自己想要笑出来的表情。

伊斯亚叹了一口气说："我可不喜欢在高处待着。"

"那你还想要进入那个档案室吗？"

伊斯亚闭上了双眼，看上去在思索和计算着什么。然后，她再次睁开双眼，变得平静了许多。

她清楚地大声对着那两条机械手臂说："好吧。把我带到投影仪那里去。"

她话音一落，两条机械手臂就动起来，将她举到了投影仪的正前方。

伊斯亚仔细地看了看这个投影仪，然后将它从空中取了下来。但是她用双臂将它举在自己胸前方很远的地方，就像是她手里拿着的是一个臭袜子似的。

她接着对机械手臂说："现在，把我放到地面上。"

然后，两条机械手臂就把她重新放回地面上，让她降落在威廉的面前。

伊斯亚说："我们现在得赶快离开这里，免得被人发现。"

威廉和伊斯亚迅速地离开宇宙学教室，并快步穿过研究所后面那个巨大的花园。伊斯亚一边走，一边小心地留意着周围，以免被别人发现。威廉则将双手一直放在外套上，护住他藏在衣服下面的投影仪。

威廉说："我们现在得找一个没有人的地方来完成接下来的工作。"

伊斯亚说："来这里吧。"她想把威廉带入控制花园。

威廉有些犹豫。

"要是再碰到那些吃人的植物该怎么办？"

伊斯亚说："只要按我说的去做，你就是安全的。我都已经被机械手臂举起来过了，你现在也必须克服一些小问题吧。"

"你说这是'小问题'，那好吧。"威廉又抬头看了看控制花园外的大笼子。

他们站在花园门口的大铁门外。

威廉一点都不想再进去，特别是在有过上一次的体验后。但是他现在只能选择相信伊斯亚。现在，找到外公的意愿要比他对里面植物的恐惧更加强烈。

伊斯亚拿出了自己的球，把它放在大门的正中心。于是，铁门打开了。

她看了一眼威廉，问：“你进不进来?”

威廉站在门口，看着远处看起来无害的那片草坪。

伊斯亚说：“只要你不踩上去，那片草坪就是安全的。最危险的植物都关在笼子里，别靠太近就行。”

威廉深深地吸了一口气，然后低下肩头，又呼出了一口气。他感觉好一些了，觉得不那么紧张了。

然后，他跟着伊斯亚走进了花园高大的植物中。当他们路过的时候，有几株植物朝着他们露出了自己的牙齿，还有一些则转过身去，表现得对他们一点兴趣都没有。

伊斯亚说：“看起来它们刚刚吃过饭了。”她指着一株张着大嘴打呼噜的植物。“很好，我其实经常来这里看书。我在这里才能感到平静。”

伊斯亚走上了一条更窄的道路，威廉赶忙快走几步跟了上去。他现在非常害怕自己会跟丢了她。

他们走进这个花园的深处，来到一个巨大的树篱前。树篱上有一扇新的门。

伊斯亚打开这扇门，消失在门后。威廉连忙跟了进去。

这扇门后没有笼子也没有植物，只有一片巨大的开放式的空间。空地的中间有一座女性的雕像，她高举着一个巨大铜钟，站在一个喷泉中，周围还有三条长椅。

伊斯亚指了指喷泉里的水说：“它们是不是很可爱？”

威廉站到她身边，朝水里看去。他看到了很多条巨大的、五颜六色的鱼在水下游来游去。其中一条鱼把头从水中抬起看着他们。

伊斯亚说：“它们很喜欢被人拍。”

“你确定？”

“是的。拍拍它的头吧。”

威廉弯下腰伸出手。他本想要拍拍那条鱼的头，但是它突然朝着威廉喷出一道水，喷了他一脸。威廉吓得跳了起来。伊斯亚在一旁笑弯了腰，以至于不得不坐在了一条长椅上。

威廉不高兴地说：“这一点都不好笑。”

伊斯亚打趣地说：“不，好笑极了。”她还擦了擦笑出来的眼泪。

然后，他们俩都坐在长椅上，好一会儿没有说话。

最后，威廉开口说：“这里很安静。”

“是的，非常安静。”

伊斯亚重新变得严肃起来，她转过身，指着他外套下的投影仪说："现在，我们该解决问题了。"

威廉把藏在外套下的投影仪小心地拿出来。

他说："上面有没有开关按钮？"

伊斯亚说："玛戈特教授总是在它不太灵的时候敲打它一下。"

威廉说："那我们也这么做吧。"说完，他用手在投影仪上敲了几下。

但是投影仪没有任何反应。

威廉又试了试，敲得更重了一些。

但是投影仪还是没有任何显示。

"或许我们没有办法找到那个档案室了。"伊斯亚失望地说，"还是把它放回去，再想想其他办法吧。"

威廉说："或许你是对的。它看起来已经坏了。"然后，他站了起来。

突然，伊斯亚大叫一声："快看，它亮了！"

她指着一个屏幕。

这时，投影仪开始运行。威廉还没来得及反应过来，它就一下子飞到了空中。威廉因为之前心情很低落，所以忘记了松手。他被投影仪带到了空中。投影仪升到一定高度后就停了下来，而威廉则不敢松手，挂在投影仪上，也飞到了空中。他低头看着伊斯亚。

伊斯亚冲着他大喊："快松手！跳到那个喷泉里，那里足够深！"

威廉摇摇头，闭上了眼睛。

他听到伊斯亚接着对他大喊："它会把你甩下来的！"

威廉用尽全力抓紧投影仪，突然，它开始朝地面俯冲。威廉睁开眼睛，看到一个玫瑰花丛，一下子栽了进去。玫瑰花茎上的刺扎了他一身。投影仪又转了一个U形，重新升到空中。它开始往那些不同植物的笼子上方飞去。威廉看到了他上次见过的那株蛇形植物。他还记得上次那株植物把一只大鸟吞掉了。这时，那株植物的巨大绿色手臂开始朝着他袭来，就像一只硕大无比的章鱼。威廉使劲摇晃着投影仪，冲它大吼："快离开这里，不然我们俩都会被它吃掉的！"

但是投影仪一点都没有掉头的意思。威廉又冲着地面看了看。

一只绿色的手臂已经快要接近他们的下方了。马上就要够到他的双脚了。突然，投影仪里面咔嗒一声，投影镜头的亮光消失了。他们开始垂直坠落。

威廉大喊："不，现在可别失灵啊！"

他朝下看，看到伊斯亚正站在笼子的旁边。

她正睁大了双眼，惊恐地看着他们。

他朝着她大喊："快想想办法！"

伊斯亚也冲着他大声喊："想什么办法啊？"她惊慌失措地看着周围。

"有没有开关按钮啊？你说过的，所有的机器都有一个开关按钮啊！"

这时，那条绿色手臂已经抓住了威廉的一条腿，开始勒紧。

威廉绝望地尖叫："我要死了！"

那只绿色手臂把威廉继续往下拖。另一只绿色手臂也伸出来抓住了他的腰。

突然，投影仪又发出了嗡鸣声，它再次"复活"，开始朝上飞行，但是那株植物的手臂已经抓住了他们，要把他们往下拖。

威廉和投影仪很快就陷入了和绿色植物手臂的苦战中，他们就像是囚犯一样被包围了起来。

威廉停止了抗争。

他看了一眼远处小山坡上黑暗的大洞。他很快就会像之前那只大鸟一样被吞进去，被咬碎，再被一块块地吐出来。一切将在数秒钟后发生。

这时，他忽然想起了自己的球。他努力将它从口袋里掏了出来。

他对着自己的球小声说："你能帮帮我吗？"

就在同一刻，一只绿色手臂一下子拍过来，把球从他的手中打了出去。

威廉着急地大喊："不！"但是他的球已经落进了那个黑色的大洞。

然而，下一刻，一切都停了下来。所有的手臂都停止了摆动。威廉被举在空中，等待着。他满头大汗，心脏狂跳，似乎要从他的胸口跳出来了似的。

伊斯亚站在远处冲着她大喊："发生什么事了？"

吞下了威廉的球的那个植物的嘴——那个黑色的大洞开始剧烈地"咳嗽"，把球一下子吐了出来。威廉的球飘浮在空中，在威廉面前停了一会儿。然后，它开始用巨大的冲击力砸向困住威廉的那些绿色手臂。

威廉的球来来回回地不断袭击这些手臂。威廉感到手臂渐渐开始松绑了，他又可以喘得上气了。威廉的球不停地攻击着这株蛇形植物，一直到威廉终于安全地落到了地面上。投影仪也落到了威廉一旁。

威廉和伊斯亚终于重新坐回了长椅上。威廉的额头上还有几处刮伤，而他的外套上则被划了一道口子。他刚刚

“死里逃生”。

威廉说：“你以后记得提醒我，今天将是我最后一次来这里。”

伊斯亚微笑着说：“但是你还是胜利了啊！你已经击败了这里最危险的植物之一。”

威廉说：“那也没用。我已经在这里把我所有的运气都用完了。”

伊斯亚看了一眼投影仪，它正在威廉身边来回摆动。它在威廉的肩头蹭了蹭，仿佛是一只被人驯服的猫。她说：“我觉得它现在开始喜欢你了。”

“难道它得被人驯服？”

伊斯亚说：“可能吧。”

威廉满怀期待地看着投影仪说：“我们需要一幅这间研究所的地图。”

投影仪朝后退了一些，重新回到空中，正如威廉所希望的那样。然后，一幅银河系的全息图像出现在了他们面前。

威廉对它说：“不是银河系，是这个研究所。”

于是，银河系的图像消失了，取而代之的是一幅伦敦地图。

伊斯亚朝着投影仪走近了一些，字正腔圆地对它大声说："研究所！"

这时，一幅新图出现了，是一座建筑的图像。

伊斯亚大叫起来："就是它！"

他们坐在那里，看着这幅飘浮在空中的地图。

伊斯亚惊讶地说："哇，你看这些房间。这里比我想象中要大得多。"

她指着地图中的一处说："这是后人类研究中心，始建于 1967 年。"

威廉说："这是主建筑。"

伊斯亚说："这是高夫曼的办公室。"

威廉指着办公室后面一个巨大的没有标记的地方问："这是什么？"

伊斯亚说："这上面什么都没有写。"

"它会不会就是档案室？"

她听到后有些失望地说："或许我们可以放弃了。没有人能不经允许进入高夫曼的办公室。"

于是，他们两人站在原地陷入了沉默。

最后，威廉对着伊斯亚说："我们今晚试试。"他下定了决心似的看着她。

她有些意外："你疯了吗？"

"我觉得你依然很想知道自己的那份文件里面写了什

么，对吧？”

她想了想，说：“是的。”

威廉说：“我需要找到关于我外公的更多的信息。我觉得他们还对我隐瞒了很多东西。”

伊斯亚问：“你的外公？”

威廉没有回答她的问题。他只是坐在那里看着她。

最后，他说：“你知道骇金吗？”

她重复了一遍：“骇金？”

威廉说：“是的，你听说过这个东西吗？”

伊斯亚摇了摇头说：“从来都没有听说过。真是一个奇怪的名字。那是什么啊？”

威廉站起身说：“我今晚会告诉你。我们晚上十点在餐厅外见。”

伊斯亚坐在那里没有动。擅自闯入高夫曼先生办公室的这个想法让她感到十分害怕。

但是威廉知道他现在已经箭在弦上，不得不发了。他必须找到那个隐藏着更多秘密的档案室。

第二十四章

现在是晚上十点十二分。威廉悄悄地快速走下楼梯，来到一楼。他出来得有些晚，因为他房间的那扇门突然出了点问题。它跟他说晚上一个人在研究所里转悠不太安全，不知道会遇到什么事。威廉好不容易才说服了它把门打开让他出来。现在，他只希望伊斯亚没有后悔。

威廉站在楼梯的最后一节台阶上仔细地听着。整个大厅笼罩在黑暗中。他独自一人站在这里。只有一盏孤零零的壁灯发出了足够的光亮，让威廉能够看清他想要去的方向。

威廉走在通往餐厅的走廊上。

他经过了一个金属雕像，它让他想起了纽约的自由女神像。

威廉看了看周围，低声地叫了一句："伊斯亚。"

但是，他得到唯一的回应只有走廊里低缓的回声。伊斯亚肯定已经来过了这里，但是因为他没有按照约定的时间出现，所以就走了。威廉觉得他现在只能回到自己的房间去了。

突然，一阵吱吱声响起，威廉抬起头。一个人影出现在走廊里。威廉吓得赶紧躲在那个雕塑后面，紧张地屏住了呼吸。

那个人影越来越近。威廉发现它看起来很像是他曾在自己的房间外见到过的那个老妇人。她正推着一辆手推车，里面装着水桶和清洁用具。威廉紧紧地靠在自己身后的墙壁上。他不能被任何人发现在这个时间在走廊里转悠。当那个老妇人走到雕塑的时候，她突然停下来了，朝周围看了看。现在，威廉可以清楚地看到她了。她看上去非常苍老，皮肤上满是皱纹，满头白发在脑后梳了一个髻，套在发网里。她的肩膀上落着一只机械蜂鸟，正在梳理自己的羽毛。她看了一会儿，就又接着往前走，然后消失在拐角处。

威廉一直躲在雕塑后面，直到一点响声都听不到了才出来。如果伊斯亚不出现的话……那么他是不是应该自己去找那个档案室？不，他需要伊斯亚。她比他更了解和熟悉这个研究所。

突然，黑暗中传来一个低沉的声音：“喂。”

威廉愣住了。

“这里……楼梯这里。”

威廉看到不远处有一个很窄的楼梯。

但是那里被一根链条围起来了，链条上面还挂着一块牌子，上面写着“非员工不得入内”。

那个声音又继续喊：“快点过来！”是伊斯亚。

她正躲在那个楼梯的半截处。威廉穿过链条，走上了楼梯。

“你出来得晚了。”

威廉赶忙说：“我的门有点问题。”

他们继续在楼梯上走，很快来到二楼，那条长长的白色走廊，看上去似乎没有尽头。

威廉说：“你知道路吧？我从来都没有去过高夫曼的办公室。”

这条走廊非常洁白，很难看出墙壁和地面的分界线。威廉不得不用手摸了摸光滑的墙壁来确认正确的路线。

他们走到一个拐角处停下来。

伊斯亚说：“就是这里。”

他们面前是一扇没有门把手的白色的门。它几乎和墙壁融为了一体，很难看出来。

威廉问：“我们该怎么进去？”

伊斯亚回答说：“我也不知道。现在是你发挥聪明才智的时候了。”

威廉伸手摸了摸这面光滑的门，上面没有门把手，也没有钥匙孔。他深思了一会儿，就露出了微笑。

他喃喃自语："会有这么简单吗？"

伊斯亚问："你在说什么？"

威廉说："我们家去年买的那个新冰箱也没有门把手。"然后，他把门推开走了进去。

这扇门被他推开，旋转了一圈。

他微笑着说："其实有的事情没有我们想象中那么复杂。"

伊斯亚怀疑地问："高夫曼先生为什么从来都不锁门呢？"

"不知道。或许因为他是这里的老板，觉得没有人敢闯入他的办公室吧。"威廉小心地看了里面一眼。

"进来吧！"

第二十五章

高夫曼的办公室几乎是空的。房间的正中央放着一张巨大的白色书桌，上面有一个很旧的地球仪。

伊斯亚说："我看不到通往档案室的门。"

威廉说："别这么快就放弃。"他继续往里走。

他走到一个地方，忽然身体里出现了一种熟悉的震动感，于是停下脚步。

那种奇怪的感觉从胃部的最深处蔓延。他放松身体，闭上眼睛。

伊斯亚问："你在干吗？"

他冲着她嘘了一声，然后专注精神。

震动在增强，很快就来到了他的后背，并一直向上延伸到双臂和头部。他再次睁开双眼时，立即看到：那个地球仪上面飘浮着闪光的字符。一些很大，另一些更亮一些。他听到伊斯亚在说："你看到了什么？"他觉得她的声音好像离他很远。

这时，其中一个字符发出了比其他字符更加强烈的光。与此同时，地球仪的北部形成了一个十字符。威廉转动地球仪，使得闪光的字符正好落在十字符的正下方。这时，他听到咔嚓一声。那个字符消失了，一个新的字符出现了。他又一次将它转到十字符下方。然后新的字符又消失了。

伊斯亚靠着书桌对着威廉大喊：“发生了什么？”

威廉现在也能够感觉到了，整间办公室都在震动。

伊斯亚说：“我不喜欢这样。”

威廉回答说：“我们在动。”他盯着书桌上开始滚动的圆珠笔，说：“这间办公室在移动。”

伊斯亚问：“就像电梯那样？”

不一会儿，震动停了下来。

威廉和伊斯亚站在原地仔细地听着，但是什么声音都没有。

她朝着威廉靠近了一些，然后小声问：“我们现在该做什么？”

威廉看了一眼整个房间。

“难道是……”他喃喃自语，然后又走向了大门。

他把手放在那扇冰冷的门上，然后慢慢推开。

门再次旋转打开，伊斯亚吃了一惊。

他们站在门口，看着门外。门外一片漆黑。一阵寒风朝他们吹来。门外已经变成了一个完全不同的地方。这个房间整体移动了。威廉朝门口走了一步，然后停了下来。

伊斯亚对他说："小心，我听说过很多故事……"

威廉知道他现在已经别无选择。如果他想要得到更多关于外公的消息，就只有这一条路可走。他走入了黑暗。前方似乎有一阵微弱的嗡鸣声。

伊斯亚说："我们俩一起去。"她关上了身后的大门。

突然，一道光闪过，数百个灯泡一下子都亮了起来，不停地闪耀，就像是点燃了一个黑白色的烟花一样。之后，他们很快就适应了眼前的光亮。

所有的灯都亮起来后，伊斯亚吃惊地叫了出来："哇！"她忍不住揉了揉自己的眼睛。

他们面前是一个巨大的白色大厅，至少有二十米高。里面摆满了数不清的一排排档案柜。

屋顶上装满了小阀门，一面墙壁上还有一个电子屏幕，显示房间里的湿度。现在指数很低。

伊斯亚指着那些高高的柜子说："要是我们找的东西在那最上面可怎么办？"

威廉看了看周围说："肯定有可以上去的办法。"

他的目光停在挂在档案柜上的一个牌子上。"小心莱卡"——牌子上有一个手写的标志。

他问伊斯亚："莱卡是谁？"

她说："我也不知道。但是我实在是不喜欢……"

“嘘。”她突然安静了下来。

他们站在原地静静地听。

她小声说：“有什么声音。”

威廉也听到了，某处传来了一个微弱的回声。

“它正在接近我们。”他一边说，一边往后退了几步。

突然，两个带轮子的活梯从一个柜子后面出来，一个黑色的，一个灰色的。

两个梯子在以疯狂的速度移动。它们似乎是在比赛。黑色的梯子试图将灰色的梯子推到一个架子上去。它们不停地推推搡搡，然后在威廉和伊斯亚面前停了下来。

两个梯子异口同声地说：“选我！选我！”

黑梯子说：“等等，这里有两个人。”

灰梯子说：“两个人又怎么了？”

黑梯子说：“是的，两个人。”

接着，两个梯子就沉默了一会儿，仿佛它们需要时间思考。

然后，黑梯子说：“选我！”

灰梯子说：“不，选我！”

然后，它们又齐声说：“选我！”

威廉问：“你们是什么机器人？”

梯子们异口同声说：“我们是垂直机器人，我们可以把你们带到你们想去的地方，而且可以把你们带到你们想到达的高度。”

威廉看了一眼伊斯亚说：“太好了。我们一人一个吧。”

两个梯子又同时叫起来：“选我！选我！”

伊斯亚有些犹豫。

威廉迈开一步，跳上了那个黑梯子。

他说：“来吧，这一定会很有意思的。”

伊斯亚眼睛亮了一下，然后爬上了那个灰梯子。

梯子们问：“我们去哪儿？”

威廉微笑了。他觉得这两个梯子很有趣。它们看起来非常渴望被使用，或许极度需要陪伴？

待在这么大的一个档案室里一定很孤独。

威廉说：“伊斯亚想要找到她的文件。我想要了解更多的关于托比亚斯·温顿的情况。”

“哎，真无聊。我们可以在这里玩更有趣的游戏。”威廉站着的那个梯子这么回答道，“你们就不能选些别的？我们有三个关于工业革命的书架。”

另一个接着说：“还有关于登月的阴谋论。”

威廉坚定地说：“听起来很不错，但是今天不行。”

梯子们说：“那好吧！”然后，它们开始在地板上快速移动。

威廉对伊斯亚大喊："我们找到各自需要的东西后再在这里见。"然后他朝着她挥了挥手，就消失在了一排排的档案柜后。

伊斯亚回答说："好的！"

威廉的梯子在全速前进。他往上爬了几阶，以便能看清他们走的方向。他必须紧紧地用双手抓住梯子的两侧，以免掉下来。因为这个梯子在移动的过程中就像是一个节拍器的摆杆一样左右摇摆。然后，它突然停了下来。

黑梯子发出一个毫无感情的声音，它说："托比亚斯·温顿。"

威廉看了看周围。他们来到了档案室的最深处。他头顶有一盏灯，但是不够亮，所以周围有些昏暗。他面前有一层厚厚的文件夹。看起来似乎从来都没有人来过档案室的这个地方。

威廉充满期待地问："整个档案柜都是关于托比亚斯·温顿的资料吗？"

黑梯子简短地回复了一句："不是。"

威廉问："那托比亚斯·温顿的文件在哪儿？"

黑梯子于是向上移动，并对威廉说："在更上面的地方。"

威廉站在梯子上朝下看，他们已经来到了一个让他感到有些眩晕的高度。他努力控制自己，让注意力集中在档案柜的文件上，但是他脚下的梯子突然抖动了一下，他紧紧抓住梯子两边，好一会儿才从被摔落的危险中逃脱出来，重新保持了自己的平衡。

这时，黑梯子说：“温顿教授。”

威廉看到了一个文件夹，上面有书写体的“托·温”两字，是托比亚斯·温顿的缩写。于是，威廉拿起它，吹掉了上面的灰尘，然后将它打开。

威廉看到文件夹里面的东西时，一瞬间觉得自己的心脏停止了跳动，因为准确地说，这个文件夹里面除了一张旧照片之外什么都没有。威廉拿出照片，把文件夹重新放了回去。看到照片的内容，他倒吸了一口凉气。他好像明白了自己为什么会来到这里……

这时，他听到一阵声音。威廉抬头张望，并迅速地将照片放进裤子的口袋里。

好像有什么东西出现了。

第二十六章

那似乎是锋利的爪子划过地板的声音。

威廉紧张地问："那是什么？"

黑梯子说："你说什么？"

"我说这个声音是什么。听起来像是……某种动物吗？"

黑梯子说："肯定是莱卡。"

威廉疑惑地说："莱卡……"他想到了挂着那块牌子的入口处。"莱卡是谁？"

黑梯子没有回答威廉的问题。现在，那个东西爬到了他们旁边的一个档案柜后面。

威廉问："莱卡是有危险的东西吗？"

黑梯子说："如果你靠得太近的话。"

威廉一边紧张地看着周围，一边说："我已经拿到了我需要的东西。"

"我们现在去找伊斯亚，然后离开这里。"

突然，房间里的灯灭了。

威廉站在原地仔细地听。

在这片让人害怕的黑暗中，威廉唯一能听到的就是他自己扑通扑通的心跳声，就像是一匹脱缰的野马。忽然，他又听到那个东西在自己的下方移动。尖锐的爪子在大理石地板上摩擦着。然后，它在威廉的正下方停住了。

威廉赶忙判断一下自己的高度，然后试着小心地又往梯子上面尽可能地多爬了几阶。

这时，他看到了。

他看到下方的黑暗中有两只发出蓝色光芒的眼睛。然后，他听到了它的低声咆哮。威廉屏住了呼吸。

他小心翼翼地说："请……请你，请你离开吧，请离开吧。"

这时，威廉的头顶发出了咔嚓咔嚓的声音。咔嚓、咔嚓、咔嚓……上面的灯一下子亮了起来。之后它旁边的灯也纷纷亮了。整个大厅里面重新恢复了光亮。威廉赶忙往下看。那双蓝眼睛不见了。

威廉着急地对梯子说："快离开这里！"

黑梯子不紧不慢地对他说："你确实不想去看看关于工业革命的东西？"

威廉立刻说："百分之百确定。"

于是，黑梯子重新回到了地面。威廉紧张地环顾四周。他没有看到莱卡的身影。然后，黑梯子带着威廉开始在档案柜之间高速移动，重新回到了刚刚他们过来这里的路上。

当他们经过一个角落的时候，威廉看到伊斯亚站在那个灰梯子上面，好像已经找到了她要找的东西。

她盯着自己手中的文件夹。

威廉喊了一声："停下。"

于是，黑梯子穿过狭窄的档案柜之间的空隙，把他带到了伊斯亚身旁。

威廉问："你找到了吗？"

伊斯亚没有抬头看他，只"嗯"了一声。

她将文件夹合上，放在了自己的外套里面。

然后，她没有眨眼，只是说："我们现在应该离开这里了。"

威廉问："有什么问题吗？"他觉得伊斯亚看起来有些奇怪，好像想掩饰什么。

威廉看了看他们身后，接着说："有个叫莱卡的东西，好像就在这里的某处。我也觉得现在我们应该离开这里了。"

然而，就在威廉继续向四处张望的时候，他一下子看到了一个人。

是那个老妇人，她就站在离他们不远处的一个档案柜旁。

她站在那里，面无表情，用冷漠的双眼注视着他们俩。她的肩膀上还落着那只蜂鸟。

威廉吓得不敢将目光从她身上离开，小声地对伊斯亚说：“伊斯亚。”

伊斯亚转过身。

她也似乎吓了一跳，小声问：“我们现在应该怎么办？”

威廉一边向后退，一边抓住她的胳膊说：“我现在数到三，然后我就把你拉到我的黑梯子上。你的灰梯子来挡住她的路，这样她就不能跟上我们了。”

“一……二……三！”

话音刚落，伊斯亚就跳了起来。

威廉大喊：“快跑！”与此同时，那位老妇人也开始朝他们走过来。

黑梯子问：“去哪儿？”

威廉朝它大喊：“去哪儿都行，只要离开这里，快点！”

黑梯子听后说：“那我们就出去吧。”然后，它开始后退，退出了这个狭窄的档案柜之间的缝隙，然后一转身，开始高速移动。

威廉一直朝后看着老妇人，因为她也开始跑了起来，并且跑得越来越快。

威廉对着伊斯亚大声说：“现在，你的灰梯子得去把她的路挡住。”然后，他看到那个灰梯子移动到档案柜之间，将老妇人的路挡住了。

但是，威廉吃惊地看到，那个老妇人一下子越过了灰梯子，跟了上来。

威廉低声说：“糟了，看起来我们要有麻烦了。”

这时，威廉看到老妇人的身体突然从中间分开了，她的上半身从腰部裂开，落到地上，开始用手臂爬动。然后，她的双腿也跟着带着她的下半身继续往前跑。

接着，这两部分身体又变化成了两个男人，是威廉以前曾见过的两个司机。

第二十七章

“看起来，你们在进行一场‘旅行’啊。”

高夫曼站在自己办公室里的那个巨大的地球仪旁边。威廉瞥了一眼站在他身旁的伊斯亚，她的手里紧握着那个文件夹。

威廉想要开口解释，但是发现自己有些结巴：“我们只是……”是的，他们俩被抓了个现行。现在，解释对他们来说只是徒劳了。

高夫曼指着伊斯亚说：“她留下。”

一个男人正抓着伊斯亚。

“让威廉先回到他的房间去，我一会儿再处理他。”

威廉又看了看伊斯亚，想和她进行目光交流，但是她一眼都没有看威廉。她的举止为什么突然变得这么奇怪？是因为她看了她手中的那个文件夹里的东西吗？

威廉房间的门打开后，对他说：“欢迎回来……我听说你们被抓住了？”

威廉走进房间，没有回答它的问题。

那扇门有些无辜地说："你不会认为是我去通风报信了吧？我向你保证，这件事和我一点关系都没有。"

威廉生气地说："但是只有你知道我出去了。"

门说："你不要这么天真了，研究所里到处都是眼睛和耳朵。不过话说回来，我还真的不知道你们是怎么到那么隐蔽的地方的，这么晚才被抓住。你们是去找什么东西？"

威廉从口袋中拿出了那张照片。

"现在已经不重要了。那个文件夹基本上是空的。有两个家伙把我带到这里来的。他们一开始是一个老妇人的样子，后来突然分裂身体变成了两个人。可我觉得他们并不是人类。"

门说："是混种。"

威廉不明白："混种？也就是一部分是人类，一部分是机器……就像那个花园里的植物吗？"

门说："是的，研究所里有很多这样的混种。而且他们非常先进，很难分辨出他们究竟是不是真的人类。"

威廉大吃一惊。

他问："这里都有谁是混种？"

门回答说："我也不知道。这是一个绝对的秘密。只有少数人清楚……"它的话没有说完就停了下来，因为研究所里突然传来了警报声。

它讷讷自语："真奇怪。"

威廉问："发生什么事了？"

门说："我也不知道。我从来没有听说过这里有什么消防警报，或许是别的情况吧。我们等等看就知道了。"

威廉坐在他的床上，看着手中的那张照片。他有种很熟悉的感觉。这张照片里是外公的那张书桌。一定是有人清空了外公的文件夹。但是他们为什么把这张照片忘在了文件夹里？又或许，这是……一条来自外公的信息？

突然，威廉房间的门被打开了，一个司机冲了进来。

他冲向威廉，把他一把举了起来，扛在自己的肩膀上。

控制花园的大门缓缓开启，这个红头发的男人走了进去。威廉还被他扛在肩膀上。这时，警报声停止了。

花园里的植物都在不停地摆动，冲着他们发出嘶嘶的声音。而这个男人也冲着植物吼了一声，把这些植物都呵退了。他们要去哪儿？他是不是要被当作食物喂给这些植物了？

很快，他们来到了一个小小的绿洲里。红发男人把威廉交给了另外一个司机。

弗里茨·高夫曼向前迈了一步。威廉在他身边看到了一个他从未见过的奇怪的生物。这个东西有着如镜面一般光滑的金属身体，还有一个普通的小狗的脑袋。

威廉一下子就认出了那双蓝色的眼睛。是的，就是那双他曾经在档案室里见过的眼睛。

高夫曼用手拍了拍这个看起来像是大狗一样的东西，“我猜你已经见过莱卡了。”

威廉点点头。

这时，不远处又传来了警报声。

威廉问：“为什么会有警报声？”

高夫曼没有回答。他抬起头看着喷泉中的那个雕塑手中的巨大铜钟。他好像在等待着什么。然而，威廉却好像意识到了那是什么。因为他从高夫曼的眼中看到了一种意外的东西。

恐惧。

威廉明白是什么来了。

突然，斯拉普顿教授气喘吁吁地跑了过来。

他上气不接下气地说：“它、它、它来到研究所了。”

高夫曼看着威廉说：“它知道他在这里。”

威廉用颤抖的声音问：“谁？”

然后，威廉听到了他曾经听到过的声音。这种声音他一辈子都不会忘记。

那是树枝被巨大而沉重的脚步踩裂的声音，它正在穿过花园，接近这里。这个声音是往威廉所在的地方来的，就如同之前他在挪威的家中被抓捕时听到的声音一样。

高夫曼知道现在已经没有时间了，他向威廉挥挥手，大喊："过来。"

这时，斯拉普顿教授深吸了一口气跳上了喷泉。喷泉里的鱼都游到了一边去。其中两条鱼从水中探起脑袋，朝他喷了一口水。但是斯拉普顿教授不为所动，他握住那个雕像的手臂，用尽全身的力气把它们向下拉。这时，突然一阵巨响，有什么东西从空中冲了下来。威廉看到有一个食人植物跌落在离他们不远处的小山坡上，在地上不停地扭动。

高夫曼一步迈上喷泉，然后对威廉说："快点。"莱卡也一跃而起，跳到了喷泉上。

那两个红发男人也跳上了喷泉。其中一个站在威廉身边，看了一眼高夫曼，好像在用目光问他是否要把威廉背起来。

威廉连忙也爬上了喷泉。

他觉得今天已经被别人背够了。

第二十八章

他们开始快速下降。一扇厚实的铁门在他们头顶上紧紧地关上了。几个人无言地站在这座喷泉电梯中，向越来越深的黑暗中前进。

威廉不知道他们降落到了多深的地方。他打量了一下周围的其他人。这种沉默让他觉得难以忍受。他必须打破它。

威廉看着高夫曼说："伊斯亚怎么样了？"

高夫曼会问他："她怎么了？"

"她现在有危险吗？"

"她现在很安全地和其他人在一起。"

很明显，高夫曼现在不想谈关于伊斯亚的话题。

这时，喷泉停了下来。在它停稳后，他们周围的墙壁打开了。

高夫曼说："我们走！"

莱卡在他身后跳下喷泉。斯拉普顿教授朝威廉示意让他先下去。他们通过了一条长长的既没有门也没有窗户的走廊。威廉觉得耳朵里很难受。他试着吞了几口口水，但是并没有用。

过了一会儿，他们一行人终于来到了一扇巨大的门前，这扇门看起来就像是一间炸弹舱的大门。斯拉普顿将大拇指放到墙上的一个传感器上，然后门就开了。威廉听到一个熟悉的声音："斯拉普顿教授，欢迎你。"

斯拉普顿说："谢谢，玛琳。"说完，他走进了门后。

众人进入房间后，斯拉普顿对威廉小声说："欢迎你来到我们研究所的机密部门，往这边走。"

威廉看了看周围。

这个房间里有大大小小各种各样的机器。

其中一些机器上面挂着牌子，上面写着"退化器""收缩器""时间钳""反物质显像剂"。威廉跟着斯拉普顿走，在经过一个生锈的桶的地方停下了脚步。这个桶的牌子上写着"过去涡轮机"。

他们面前出现了一扇新的门，门上写着"通往真空列车"。

斯拉普顿又将大拇指放在了墙上的一个传感器上。

但是这次，新的大门没有任何反应。

斯拉普顿慌了，他有些惊慌失措地重新试了一次，并且说："应该没有问题的。"

高夫曼见状问："有什么问题吗？"

斯拉普顿换了一个拇指，但是门还是没有任何反应。

他说："不管用，一定是有人……"

突然，这里的灯都灭了。

他们陷入了一片可怕的黑暗中。有什么东西在他们上方轰鸣。

斯拉普顿小声说："它进来了。"然后他拿出了一个很小的手电筒，打开它，对着大家说："往这里走。"

他在黑暗中打开了一道火红色的大门。威廉和其他人都跟在他身后。斯拉普顿用手电筒照亮了一条狭窄的楼梯。走在这个楼梯上，威廉感觉有些摇摇晃晃的，而高夫曼迈开长腿，一步三个台阶，这让威廉感觉有些跟不上他的速度。

他们走到楼梯的底部时，头顶上方突然爆炸了。威廉抬头看到有火焰和烟雾掉落下来。

斯拉普顿大喊："快上去！"他用手指着他们面前的一个车厢。

威廉迅速地扫了一眼周围，他们好像来到了一个地底的平台上。

斯拉普顿高声说："大家快进来！"

这个车厢就像一节普通的火车，里面有两排座位，一边一排。但是这些座位看起来像是赛车里的座位，上面有颈部支撑的设备，还有安全带。

斯拉普顿对大家说："快坐下系好安全带！"然后，他坐到了最前面的座位上。

紧接着，车厢开始震动。

高夫曼吼了一声："它就在外面！"

斯拉普顿立刻按下了两个红色的按钮，然后靠在椅背上。

他闭上眼睛，说："希望这样做有用。你们全部都保持在自己的座位上，将头紧紧地靠在护颈上。"

这时，威廉旁边的车厢被什么东西撞了一下。他听到了一声巨响，好像用鞭子响亮地抽中了他们的车厢，大家都被震了一下。巨大的加速度让威廉在自己的座位上难以动弹。

他问："我们是在移动吗？"

斯拉普顿说："是的，我们现在已经达到了每小时 500 公里的速度。等加速到 1000 公里的时速时，你就会感觉稳定一些了。"

第二十九章

斯拉普顿教授解开了自己的安全带，舒展了一下双腿。莱卡在他周围的地上跑了一圈，然后将身体靠在了高夫曼的脚边。这只大狗闭上了自己那双明亮的眼睛，开始变得像一只猫似的。威廉瞟了一眼坐在不远处的那两个司机，他很不喜欢他们俩。

他转过身，对斯拉普顿说："刚刚在我们上方，要抓我们的是什么？"

斯拉普顿回答说："一种机器 。"

威廉接着问："和在挪威我家抓我们的是同一个吗？"

斯拉普顿说："可能吧。"

"它是一个机器人吗？"

斯拉普顿说："是的。你可以这么叫它。它是一种非常先进的机器人。"

"在它抓捕的过程中，你一旦被它发现，就难以逃脱了。"

威廉问："它是……亚伯拉罕·塔利的机器人吗？"

斯拉普顿和高夫曼互相看了一眼彼此。然后斯拉普顿说："我们觉得是。"

威廉说："我们现在要去哪儿？"他觉得现在是时候该让他知道发生了什么。

斯拉普顿说："伦敦。去一个我们现在能找到的最安全的地方。错误信息中心。"

威廉没听懂："错误信息中心？"

"是的。错误信息中心的负责人是布兰达·泽诺摩尔。她也是我们研究所的创始人之一。"

威廉说："我还以为是我外公创立了研究所，难道不是吗？"

"是我们四个人创立了这个研究所。你的外公、布兰达、弗里茨……和我。"

斯拉普顿向前靠了靠，将胳膊放在膝盖上，然后严肃地看着威廉。

"我觉得现在是时候让你知道这一切了。"他冷静地说道。

威廉满怀期待地点了点头。他完全同意。

"你还记得我在研究室的那个地下室里给你看过的东西吗？"

威廉有些迟疑："记得。"他还是不愿意相信是外公将骇金偷走了。

斯拉普顿继续说："你还记得那个被盗走的骇金吧？"

威廉感到有些困扰："是的。我都记得。"

"就像我告诉过你的那样，骇金是一种有智慧的金属，我们不知道是谁制造出了它，也不知道它为什么会被制造出来。但是我们知道它的存在历史悠久。"斯拉普顿接着说道，"这种金属可以自己思考，但是必须依靠与具有活性的生物体接触才能发挥功效。这也是骇金为什么能够一直处在睡眠的状态中，直到有人发现它。你记得亚伯拉罕·塔利是第一个找到一块骇金的人吧？"

威廉点点头。

"当亚伯拉罕发现骇金的时候，它进入了他的身体，他就陷入了昏迷。人们把他运到了医院，但是几天后他就消失了。你还记得当时其他的矿工发生了什么吗？"

威廉说："记得。"他开始有些不耐烦。这些内容他已经听过一遍了。他现在想知道外公究竟怎么样了。

斯拉普顿接着说："在调查过那些矿工死亡的区域之后，研究人员发现了一扇十分古老且坚不可摧的铁门，上面刻满了铭文。于是，那里的施工被暂停了，人们花了很长的时间来解读那些铭文。但是只有其中的两个能够被解读出来：房间和技术。"

斯拉普顿看了一眼高夫曼，示意他应该接着说下去。

于是，高夫曼清了清嗓子。

“就在那扇铁门被发现的不远处，人们又发现了一个机械的球体……一个球。上面也刻满了难以理解的符号。但是，这个球上的符号与铁门上的完全不同，它们之间好像没有任何联系……过了几年，大家就放弃了去继续破解这些铭文和符号。但是，后来在那个隧道中发生了一起大爆炸，很多人在那次爆炸中丧生。于是，整件事后来就不了了之了。那个发现了铁门的隧道被永久封闭，但是其他的隧道中的工程还在继续进行。”

威廉问：“那个球呢？”

高夫曼说：“那个球被藏在了牛津大学博物馆的一个金库中。没有人知道它是什么以及可以干什么用。随着时间的流逝，这个球和那个隧道逐渐消失在了人们的记忆中。”

威廉问：“那亚伯拉罕去哪儿了？”

“没有人知道。直到一百年后，上个世纪的60年代末，他才突然出现了。他当时闯入了博物馆，想把那个球带走。但是被人发现后他就再次消失了，而且没能拿到那个球。你的外公、本杰明、布兰达和我当时是牛津大学的学生。我们知道这个奇怪的金属球有些特别，没有人知道它究竟是什么。那个球没有名字，于是我们就把它称作‘球’，因为它是球形的。之后，我们开始挖掘关于这个球的历史，在挖掘的过程中，我们逐渐了解到了那个被埋藏在伦敦地下的铁门。我们甚至还掌握了那个门上的一些旧符号的图片。你外公成功地破解出了上面的很多符号，这才让我们第一次知道了关于骇金的事情。原来那个球是某种钥匙。我们后来知道了所有的事情，包括亚伯拉罕的身体里面有骇金，以及骇金的危险性，于是，我们建立了这个研究所，继续寻找那扇铁门。与此同时，我们还开始在全世界的范围里寻找更多骇金的踪影。而我们成功找到的那一小部分，则被我们藏在了研究所里。因为我们必须防止它落入坏人的手中。”

威廉问：“那扇铁门呢？你们找到它了吗？”

“在第二次世界大战中，伦敦经历了一场炸弹空袭。在那之后，关于它的所有线索就消失了。地下系统是很庞大且复杂的。”斯拉普顿接着说道，“但是你的外公是负责掌管那个‘钥匙’球的。他一直执着于寻找那扇铁门。就在他消失不久前，他曾经告诉过我，他取得了一个重大的突破。但紧接着，你和你的父亲就出事了。于是，他就放下了手中的一切去照顾你们俩。随着他的消失，我们失去了能够进入那扇铁门后的房间的唯一的机会。”

威廉说：“所以，你们就开始寻找能够完成这件事的其他人？”

高夫曼说："是的。我们安排了这场全球性的密码破译大赛，并开始征集候选人。我们研究所里的那些球就是那个原始球体的复制品。而且我们知道你很有可能继承了你外公的破译密码的天赋。我们用了很多力量和资源去找你。谁能想到他会把你们藏在挪威呢？"

威廉问："你们是不是认为外公已经成功地打开了那扇铁门，他现在人就在那个房间里？"

斯拉普顿说："我们希望是这样。"他将身体靠近了一些，好像他接下来要说出什么可怕的秘密一样。"就我个人而言，我认为他在消失之前就已经打开了那扇铁门。但是出于某种原因，他没有告诉我们。"

威廉注视着他们俩说："所以你们现在希望我能够打开那扇铁门？"

高夫曼说："首先，我们必须找到那扇铁门。我觉得你的球可以告诉我们接下来应该要往哪儿走。"

"对我们来说，找到你外公很重要。而且，我们必须控制住那个房间里的东西，不让它落入亚伯拉罕的手中。如果我们的推测没有错的话，那个房间里一定有骇金，如果它被亚伯拉罕抢先一步拿到，就会是一场灾难。"

威廉说："但是我外公怎么能在里面存活这么长的时间？"

斯拉普顿说："我也不知道。我们只能希望他还活着。你外公是一个非常聪明的人。"

这时，扬声器里传来玛琳的声音："减速中，我们将在三分钟后到达错误信息中心。"

第三十章

斯拉普顿站在一个高高的柜台旁边，柜台后面有一位女士，她正在打电话。威廉和高夫曼站在斯拉普顿身后。莱卡则在他们周围绕来绕去，看上去有些紧张。很明显，它不喜欢这里。

他们一行人来到了一个巨大的房间里，周围是玻璃的墙壁，还有一扇旋转门通往外面的大街。在这个房间中还有一个喷泉。威廉觉得它让人想起了研究所里的那个喷泉。

柜台后的女士打完了电话，她将电话听筒放下，并面带礼貌性的微笑看着斯拉普顿。

她说："你好？"

斯拉普顿说："我们是来见泽诺摩尔教授的。"

"布兰达·泽诺摩尔。"

女士微笑着回答："对不起。这里没有人叫这个名字。"

斯拉普顿无奈地翻了个白眼。

"好了，我每次来这里咱们都得重复一遍这个游戏吗？"

女士礼貌地说："我从未见过您。"

斯拉普顿有些生气地从外套中拿出了一个黑色的小本子，上面印着几个行星的图片。他将这个本子打开，拿出了一张卡片，递给她。她拿起卡片看了一会儿，然后重新拿起电话听筒。

“请稍等，她马上就过来。”

这时，一个女人的声音从远处传来：“欢迎，欢迎！”

威廉抬头看到了一辆小型高尔夫车，正在向他们高速驶来。但是这辆车没有轮子，它是在光滑的地面上用一个巨大的黑色安全气囊滑行。

斯拉普顿张开双臂高兴地说：“泽诺摩尔教授！”

车上的女人微笑着，她身穿一条灰色条纹裙，留着一头黑色的短发。在她的鼻梁上，还戴着一副黑色的太阳镜。

高尔夫车在巨大的喷泉旁边绕了一圈，然后一个急刹车停在了威廉一行人面前。

泽诺摩尔教授打趣地看了一眼斯拉普顿，然后说：“羡慕吗？上周才拿到的。”

斯拉普顿问：“这是新的气垫技术？”

她自豪地笑着说：“是反同位素气垫船。测试版本。”

斯拉普顿点点头说：“怪不得。”

威廉盯着女教授的太阳眼镜，他看到有两根很细的线从眼镜里伸出来连接到了她的额头上。

威廉倾过身子朝着高夫曼，用尽量低的声音对他说："她戴的是什么眼镜啊？"

高夫曼小声回答他："她是盲人。但是这个眼镜能够让她看到东西。"

斯拉普顿说："我们能不能找一个可以坐下好好说话的地方？"

于是，泽诺摩尔教授的脸色变得严肃起来。

她小声说："好的，你不是在和我客气，我明白。"然后，她转过身去，接着说："上来吧，先生们。"

在经过了一段无声的旅程后，他们乘坐的气垫车停在了一扇写着"消音室"的门前。

泽诺摩尔教授说："你们先进。"然后，这扇门打开了，他们都走了进去。但是那两个司机和莱卡被留在了门外。

房间是空的，但是在墙壁上有几个看起来像是沙发床的东西。泽诺摩尔教授将食指放在嘴唇上，示意大家不要说话。然后，她走到墙上一个控制面板前，按下了几个按钮。一个低沉的声音从天花板上的几个小小的扬声器中传出。

然后，她对大家说："这是智能消声器。"她边说边冲着那几个扬声器点了点头。"现在，我们可以安全地谈话了。”

她将目光从三位访客的身上聚焦到威廉的身上。

她问：“是他吗？”

斯拉普顿说：“是的。”

她说：“我们曾经见过面。你知道吗？”

威廉摇摇头说：“不。”

她接着说：“当时你还是个婴儿，刚刚出生。我当时自己的眼睛也还能看见东西。你是那么小，那么可爱。”

然后，她转身对斯拉普顿说：“发生了什么事？”

斯拉普顿小声说：“它找到我们了。”

她严肃地说：“我就知道会有这么一天。我们都清楚这一点。你们要去找那扇门吗？”

斯拉普顿说：“是的。我们需要一个能安全待到明天清晨的地方。”

泽诺摩尔教授输入了一个密码，打开了一扇门。她对威廉说：“我们必须确保你的安全。”然后，她挥手示意威廉离开房间。

气垫车载着他们高速划过了一条长长的走廊。泽诺摩尔教授从口袋中拿出一个电话，拨了一个号码。

她说：“是我。我们现在正在往地下室走。代码是11。是的，11。不，这不是一次演习。”

她话音刚落，周围就响起了警报声。

威廉听到周围有很多大门重重落下的声音。走廊里的灯开始变得一闪一闪。过了一会儿，它们重新恢复了正常。

泽诺摩尔说：“我们已经正式和外界隔离了。”

在大家到达地下室后，布兰达解释说：“我们不需要长时间使用这里，但是这里已经被更新过了。你们每一个人都有自己的房间，这些房间都是被建造出来保护里面的人的。但是从里面也可以很轻易地逃脱。每一个房间里都有一个应急锁。它可以帮助你们快速离开这个建筑。但是，它只能在紧急情况下使用。”

斯拉普顿紧张地看了一眼高夫曼，然后说：“当然。”

第三十一章

威廉躺在他自己房间的床上。他盯着天花板，脑海中翻滚着他在那节火车车厢里听到的所有信息。他感觉自己的脑袋快要炸开了。威廉将自己的球用双手抱住，放在胸前。不知道为什么，他总觉得这样会更加安全一些。

他是否可以相信斯拉普顿和高夫曼和他说的话？他之前从未想过这一点。

他身下的床垫很硬，但是他现在觉得困极了。他的意识变得越来越模糊，两个眼皮一直在打架。于是，他闭上了眼睛。

这时，一个很小的声音忽然出现，并对他说："威廉。"

威廉一下子从床上坐了起来，他睡得很沉，要很努力才能让自己清醒过来。威廉揉了揉眼睛，看到一个男人模糊的轮廓出现在房间里。然后，它又一下子消失不见了。但是不一会儿，它再次出现了。威廉意识到，这是一个全息影像！

刚才的声音再次出现："威廉……"

威廉思考着，他不确定那个声音是否真的是……

他犹豫着说：“外公？”

但是，那个全息影像没有回答他。它可能只是一个录音。

威廉站起来，走近了几步，他看到了一个很老的男人的形象，而且很暗，很模糊。

“威廉，我不知道你看到这个的时候有多大了，也不知道你现在了解了多少。但是既然你已经来到了这里，我就只能假设你已经参与到了这件事中。现在，我要从最显而易见的部分说起。我的名字是托比亚斯·温顿。我是你的外公。”然后，这个男人停顿了一下。

“你一直在秘密中长大，而且肯定很想知道这是为什么。你想要了解这一切的原因是很合情合理的。特别是我将很快请求你为我做一件非常重要的事。”

外公又停顿了一会儿。

“在你三岁半的时候，你和你的父亲遭遇了一场严重的车祸。当时，你的脊椎受到了严重的伤害。准确地说，是粉碎了。而那时我正在中国西藏进行挖掘工作。于是，我放下了手里的一切工作，第一时间飞回了伦敦的家中。你的父亲当时陷入了昏迷，摔断了脖子，而你……但是医生已经束手无策了。唯一的选择就是给你注射吗啡，让你自然离去。因为没有人能够在脊椎粉碎的情况下继续存活。我不得不那么做。因为我别无选择。只有一个东西能够救你。”

外公又停顿了一下。

“我知道研究所永远都不会同意让我拿到它的，所以我不得不把它偷了出来。在我将骇金放入你的身体后，你康复了。但是研究所开始寻找我，还有亚伯拉罕·塔利。因为我偷走了研究所唯一的骇金。我必须离开，将所有人的注意力都转移到我身上。”

外公用手扶正了眼镜。

“我很清楚，将骇金放入你的身体里是一件研究所和我这一生都在对抗的行为。因为骇金会在人体中传播，并且最终……”

外公再次停了下来。

“当一个人的身体内被放入骇金后，它会接管这个人身体中被损坏的部分，对你而言，就是你的脊椎和部分大脑。在你出车祸之前，我已经在你身上看到了很明显的破译密码的天赋。威廉，你的天赋会让你成为全世界最优秀的密码破译者。所以，你必须格外小心。会有很多人想要利用你。如果没有了骇金，你将无法存活。但是威廉，你现在已经不是一个纯粹的人类了，你要知道，你……你的身体的百分之四十九是金属。”

威廉感到眼前一黑，他不能保持平衡，一下子摔倒在地上。

外公继续说：“这也是亚伯拉罕·塔利想找到你的原因。他想得到你身体里的东西。一旦你被他找到……”外公停了下来，好像在思考着接下来会发生的事情，而这件事让他感到无比恐惧。

威廉跌跌撞撞地从地上爬了起来。

“现在对你而言最重要的，就是找到我。我的身体被冷冻在维多利亚火车站的隧道深处一个秘密的地方。我希望你已经拿到了你的球。如果没有球，你就无法进入那里。你是唯一有能力找到那扇铁门并打开它的人。我已经给你留下了线索。你要一个人来。还有很重要的一点，必须是你来解冻七号坦克，别人不行。这件事千万不要告诉别人。我不知道除了你还能相信谁。”

这时，房间里的光开始闪烁，外公的全息影像闪了几下后就消失得无影无踪了。

威廉说：“外公？”但是没有人回答。

威廉站在房间的正中央。刚刚的一切都是真的吗？

他现在身体的百分之四十九真的都是金属吗？他也变成了一种机器吗？

威廉伸出了一只颤抖的手摸了摸自己的脸，感觉和以前一样，就像是一个普通的人类。

他需要新鲜的空气。

他现在必须出去。

这时，他看到了床下的一个红色的舱门，上面写着三个白色的大字“应急锁”。

第三十二章

威廉的脸上接触到了雪花。他站在那里大口地喘着气。他不知道自己已经跑了有多远的距离。他回头看了一眼，他已经从错误信息中心里跑出来了。那个“应急锁”将他带到了一个很黑的小巷里。然后，他从那里开始跑。

在过去的一个小时里，天上下了很大的雪，他穿着很薄的外套，所以觉得很冷。刚刚这条街上只有几辆卡车和出租车偶尔开过，但是现在街上到处是人。

他调整好呼吸后，才开始观察周围。他发现自己来到了一个很大的公园里。这里有很多人来来往往。

突然，他听到身后有人叫他的名字：“威廉！”

他一下子就听出了这个声音，立刻转过身。

威廉小声地说：“伊斯亚？”

伊斯亚上前拉住威廉，让他跟着她走。

她小声说：“跟我来。”

不一会儿，他们来到了一间小咖啡馆里。天花板上的音箱中流出了优美的钢琴曲。很多人在排队买咖啡。威廉和伊斯亚在窗边找到了一个安静的角落，坐了下来。

伊斯亚时不时地看看窗外，好像在等什么人。

她也可能是在害怕。

威廉用双手使劲地搓了搓大腿，才感觉自己的手指恢复了一些，不那么僵硬了。这时，一个面带微笑的女士走了过来。

她问：“请问你们需要点什么？”

威廉有点紧张：“嗯，我没有……”

伊斯亚说：“我有钱。”她看着那位女士说：“我们要两大块松饼，再要两杯热巧克力，还有奶油，可以吗？”

那位女士在本子上记下了他们的点单，然后离开了。

他们俩坐在那里相顾无言。威廉看了看周围，这里的一切看起来都很正常。

他问：“你在这里做什么？”

伊斯亚有些紧张地说：“我离开了那里。”

“为什么？”

“我们现在最好别谈这个话题。”

他问：“你是怎么找到我的？”

伊斯亚说：“这其实不难。每当研究所受到攻击的时候，正常的程序就是疏散到错误信息中心。”

威廉打断她的话：“研究所经常受到攻击吗？”

她微笑着说：“不是的。但是我曾经在手册上面看到过这个内容。攻击发生后，你、高夫曼和斯拉普顿都突然消失了，我就想你们肯定是乘坐真空列车逃离到了伦敦。另外，我也已经厌倦了研究所和那里的机器。我需要一些改变。”

威廉问：“其他人都怎么样，他们没有受伤吧？”

伊斯亚说：“进行攻击的人后来忽然消失了。看起来他们的目的就是要找到你们。你知道原因吗？”

威廉摇摇头，然后把头低了下去。

她用担心的语气问：“你现在还好吗？”

威廉没有抬头，只是说：“还好。”

他真的很想把一切都告诉她。告诉她，他也是那些“机器”中的一个。但是外公说过，这件事不能告诉任何人。而且他也不确定伊斯亚听到这件事后会有什么样的反应。

那位女士再次走过来，给他们端来了刚刚做好的松饼和两大杯热巧克力。她朝着他们微微一笑，然后说：“请享用。”然后就走了。

威廉吃了一块松饼，他闭上眼睛。在这一瞬间，他幻想着自己重新回到了家里。每个周日的早晨，妈妈都会做松饼当作早饭。他现在很饿，于是又喝了一大口热巧克力。他感到一股暖流充满了身体。当他再次睁开眼，看到伊斯亚，于是冲着她笑了笑。伊斯亚也冲着他笑了笑。阳光透过玻璃窗洒落在咖啡馆里，威廉觉得她的微笑犹如太阳一般明亮。

她问："你为什么一个人在这里？其他人呢？"然后，她也吃了一大口松饼。

威廉有点犹豫。

他不知道该怎么回答这个问题。他可以相信伊斯亚吗？他没有忘记，当她找到自己的那份文件夹后表现得有多么奇怪。后来高夫曼还和她进行了谈话。他坐在椅子上翻来覆去地思考着。如果他不能相信伊斯亚，那他现在又能相信谁呢？他决定把一部分情况告诉她。

他尽可能地让自己的表情显得比较自然，然后说："我跑出来了。和你一样。"

她吃了一惊："你跑出来了？为什么？这和你外公有关吗？你是不是在档案室里他的文件夹中发现了什么？"

威廉说："是的。确实和他有关。"

"有人在找我。"

"是谁？"

"伊斯亚，我现在只能告诉你这些。也许我之后会告诉你更多。等一切都稳定下来之后。"

"那你现在有什么打算？一个人在伦敦瞎溜达？"

威廉说："我现在必须找到我外公，他是……"他停下来，看了看窗外，因为他看到了人行道上的一个老妇人。他一下就认出了她。她是研究所的那个老妇人。或者说，是研究所的那两个司机。

他拉住伊斯亚说："快走，他们找到我们了。"

第三十三章

威廉和伊斯亚一阵狂奔后来到了外面的大路上，他们跑到了维多利亚火车站的正门处。威廉擦掉了脸上的汗水，然后紧张地环顾四周。

伊斯亚小声地说："她在那儿。"她指着大街的另一边。

是的，那位老妇人正在穿过人群，她的目光锁定在威廉身上。她直直地往前走，一辆公交车不得不急刹车，以免撞上她。

威廉拉住伊斯亚说："快走。"

他们跑进了维多利亚火车站，躲进了车站大厅的人群里。他俩沿着楼梯一路向下，来到了地下铁的车站，然后在检票处停下了脚步。

在他们面前有一个巨大的牌子，上面写着"注意检票！"

威廉一边紧张地往后看，一边说："我们该怎么通过这里？"

伊斯亚说："跟着我做。"说完，她紧紧地跟在一个身穿西服的胖男人身后。这名男子将车票放入检票机，然后伊斯亚紧跟着他一起通过了检票口。

她朝着威廉大喊："跟上来。"然后，她指了指一个正要通过检票口的老妇人。

威廉迅速跳过了为轮椅和儿童车专设的检票口。这时，一个低沉的男声在他身后响起："站住！"

威廉转过身，看到了检票员正盯着他。

伊斯亚大喊："威廉，快跑！"

然后，她转身冲向了通往地铁的自动扶梯。威廉也赶快跟了上去。

扶梯上站满了人，威廉回头看，没有看到检票员。但是那位老妇人却跟在他们后面。她正在用自己的拐杖推开人群，离他们越来越近。

威廉说："去那里！"然后，他爬到了两个自动扶梯的中间，坐在上面向下滑行。

伊斯亚也像他一样做了。

他们很快就冲了下去，但是速度太快，难以控制。

威廉最后冲到了扶梯尽头一个拉小提琴的人身上。他们两个人都摔倒了。小提琴掉在了地上。

威廉连忙一边爬起来一边说："对不起，对不起。"

小提琴家站起身，寻找自己的小提琴。

这时，伊斯亚冲着他们大喊："小心！"她正朝他们冲来。

但是，还没等那个倒霉的小提琴家反应过来，他就又被如同从跳雪台上飞下来的伊斯亚砸中了。他又一次摔倒在了地上。伊斯亚坐在了他的身上，他们俩一起在地面上滑行了一段距离。威廉立刻冲过去将小提琴捡了起来，然后把小提琴家扶起来。他结结巴巴地说："真的非常抱歉。"

然而，小提琴家还没来得及抱怨，威廉和伊斯亚就消失在站台上的人海中。

威廉对伊斯亚大声说："蹲下身！"

然后，他们俩就在脏乎乎的地板上往前爬行。

威廉停下来，仔细地听着什么。

他说："你听。"

一辆列车正在向他们驶来。威廉站起身，弯着腰一步步靠近铁轨。伊斯亚跟在他身后。

这时，威廉突然看见了什么东西。那个东西很小，发着光，一闪而过。他停下脚步环顾四周。但是那个东西不见了。难道是他看花眼了？于是，威廉继续往前走，但是没过多久，就再次停下了。好像有什么东西在他的双腿间晃了一下，然后就不见了。

伊斯亚问："怎么了？"她还跟在他身后。

他说："我觉得好像看到了什么东西……"

这时，他又一次看到了一只小甲壳虫，它就躲在不远处地板上的一个行李箱后面。

威廉吃了一惊："小甲壳虫？"

小甲壳虫面对着他们。

伊斯亚小声说："那是什么东西？"

威廉说："这是那只在我们家受到攻击时曾经试图警告我的小甲壳虫。"

伊斯亚说："你的家曾受到过攻击？"

小甲壳虫不停地跳上跳下，然后转身跳到了站台的边缘处。

威廉说："我们得搭乘这趟列车。"

这时，一辆列车呼啸着驶入了站台。在刺耳的刹车声里，它停靠在了站台边。车厢的门一扇扇打开，人流涌出。

甲壳虫跳进了这辆火车，然后消失在了人群里。

威廉和伊斯亚穿过层层人群，来到了最后一节车厢里。威廉朝后看了一眼，他看到老妇人也登上了同一节车厢。车门在她身后被关上了，列车开动了。

威廉和伊斯亚坐在最后一排座位上。

他小声说："她也进来了。"

伊斯亚小声问："我们现在该怎么办？"

小甲壳虫跳到他们面前，好像在等待他们的指令。

威廉小心地站起来，老妇人还在远处的车门附近。她的双眼在人群中不停地扫视。威廉又重新蹲下，然后小声说："我们现在得离开这里了。她还在车门附近，等火车停下来，乘客都下车后她就会找到我们的。"

伊斯亚问："但是她堵住了车门，我们该怎么离开这里？"

威廉思索了一会儿，他想出了一个办法。

"跟我来。我们现在别无选择，这是唯一的机会。"

他们俩来到车厢后面的门前。小甲壳虫在他们身边激动地跳来跳去。

伊斯亚问："你疯了吗？我们要从行驶中的火车上跳下去？"

"你有更好的建议吗？"

威廉打开门，走了出去。小甲壳虫抓住他的裤子，然后藏进了他的外套口袋里。

威廉对伊斯亚挥挥手说："来吧。"

他们俩很快来到了车厢外面，站在车尾看着火车轨道。

威廉拉住她的手，开始说："我数三下。一……二……三……"

他们俩一同从火车上跳了下来，摔在了铁轨上。威廉爬起来后，检查自己是否受伤。

他看了看身边的伊斯亚，问："你还好吗？"

她说："我觉得没有摔伤，还好。"

威廉指着消失在黑暗中的火车说："我觉得我们甩掉她了。"

伊斯亚说："但愿如此。我们现在做什么？"

威廉看了看周围说："让我想一想。"

地下隧道中有很多覆盖着灰尘的小灯泡，它们的光芒足以照亮这里。隧道中的空气里有一种发霉的味道。

突然，伊斯亚看到了什么，她一下子抓紧了威廉的胳膊，眼神中满是惊恐。

她指着隧道中火车离去的方向低声说："你看。"

威廉转过身看到了老妇人，她正从黑暗的隧道沿着铁轨朝他们走来。

威廉说："我们快走。她还没有看到我们。"说完，他拉着伊斯亚开始朝反方向跑。

第三十四章

伊斯亚小声问："我们去哪儿？"

威廉停下来，看了看周围黑暗的隧道。

他们已经跑了有一段时间了。他跑得满身大汗。

突然，伊斯亚一下子捂住了自己的嘴巴，忍住了尖叫，因为她看到一只胖老鼠跑过他们面前的铁轨，消失在墙壁的裂缝里。

她小声说："我讨厌老鼠。"

威廉本来想说什么，但是他听到了什么声音，于是没有说话。伊斯亚也听到了那个声音。

她说："这是什么在响？"

那个响声越来越大，威廉感到他们脚下在震动。

他低声说："是火车。"说完，他赶忙看着四周，寻找一个避难所。

伊斯亚指着黑暗中亮起的两盏车灯说："我们会被碾碎的。"

他们脚下的铁轨开始剧烈地震颤。威廉觉得越来越慌张，但是他努力让自己冷静下来。

伊斯亚拉着他的胳膊大喊："救命啊！"

威廉高声说："贴到墙上！这是我们唯一的办法！"

于是，他们紧紧贴到了隧道的墙壁上。

威廉闭上眼睛，当火车呼啸着以高速经过他们身边时，他吓得叫了出来。巨大的压力将他们压在肮脏的墙壁上。在火车的最后一部分经过后，他们忽然被吸了起来，一下子被卷入空中，然后摔在铁轨上。

威廉在地上躺了好一会儿，一直听到火车离去，声音完全消失不见了。

然后，他坐起身，用颤抖的手伸向伊斯亚的后背。

"我们成功挺过来了。"

伊斯亚依然在用手捂着自己的脸："你确定吗？"

他说："是的。"然后，他颤颤巍巍地站了起来。

伊斯亚也坐起身，问："我们现在做什么？"

威廉深思了一下，然后说："我们现在不能在隧道里乱走，不然我们就会变成松饼了。"

他讷讷自语："他说我的球会给我指路的。"

伊斯亚说："谁？"

"外公……"

她问："你和他对话过吗？"

威廉转过身对她说："是的。或者说，从某种意义上来说是的。”

他说：“那是一个全息影像图，他昨晚出现了。外公现在躺在这里的某个地方。被冰冻了起来。我必须将他重新解冻。”

伊斯亚吃了一惊：“被冰冻了起来？”

威廉从胸前的口袋中取出了球，然后说：“是的。”

伊斯亚站起来，看着隧道里。

威廉说：“里面可能很危险，你不必跟着一起来的。”他看着伊斯亚。

伊斯亚说：“我现在没有更好的选择，而且我也不想再走回去和那个老妇人玩捉迷藏了。我也不想再遇到下一辆火车。”

威廉说：“现在，我要开始了。”说完，他闭上眼睛，开始将注意力集中在自己的球上。

他听到伊斯亚说：“你现在要在这里做这件事吗？”

他在等待。

但是什么都没有发生。

威廉咬紧牙关，他必须成功。

伊斯亚说：“加油，我觉得又听到了火车的声音。”

威廉有些生气：“你什么忙都帮不上，是不是？”

这时，他有感觉了。他感到自己的胃里有什么东西在动，就在他的肚脐下方。这种震动变得越来越大，并朝着他的脊椎和手指移动。他的手指开始运动。咔嚓……咔嚓……咔嚓……他的球开始发出声响。

他的手指最终停下来的时候，球从手中飞了出去。威廉睁开双眼，看到球飘浮在他面前的空中。它开始转动，然后射出一道蓝色的光芒，并开始在周围的墙壁和隧道顶部来回移动扫射。接着，那道光消失不见了，球开始在隧道中移动。看起来，它并没有等他们的想法。

威廉马上跟了上去，并说："快点。"

球带着他们走过了看起来似乎没有尽头的旧隧道迷宫，然后它在经过一个拐角后，停了下来。

威廉也立刻停下脚步。他站在那里盯着眼前的地方。

伊斯亚站在他身边。

她说："它肯定在骗我们。"

他们面前只有一面很脏的墙。

威廉说："不对！你看！它在继续走。"

球开始慢慢朝着这面墙移动，然后在碰到它后停了下来。

嘭……嘭……嘭……球在不停地朝着墙上撞。

威廉说："我不觉得它在骗我们。"然后，他朝着这面墙走近了一些。

他把手放在它粗糙的墙面上。

然后他说："这是一面很老的墙。"

这时，他想起来了高夫曼说过的关于这个隧道的事情。

威廉向后退了几步说："它就在这里。我知道。"

如果外公曾经找到过这面墙，那他肯定用什么办法穿过去了。

伊斯亚说："为什么是这面墙？我们刚刚经过了很多面这样的砖墙啊。"

她走到墙边，用双手抚摸着墙壁。

"你真的觉着这里有一面通向某处的秘密之门吗？"

威廉低头看着落在地面上的球。他注意到有什么东西从砾石中伸了出来，它看起来很像一个手柄。于是，威廉坐了下来，开始挖。

他说："看这里！我找到了什么！"

伊斯亚蹲在他身边，也来帮忙。

威廉把所有的砾石都清理干净后说："看，这里有一个盖子。"

他伸出手，摸着这个看起来很像是井盖的东西。

伊斯亚皱了皱眉说："我们难道要到下水道里去吗？"

"我觉得这不是下水道。因为它看起来不是很古老。或许外公就是通过它进去的。可能就是他挖的。”

威廉开始试着抬起那个井盖，但是它牢牢地固定在地面上，一动不动。

“快来帮我！”

他们两人用尽了全身的力气也没有搬动这个井盖。

突然，威廉看到了什么东西。

伊斯亚说：“怎么了？”

威廉指着一串符号说：“快看！”

他一下子认出了这些符号。他曾经见到过它们，而且见到过很多次。

他将手伸入口袋里，拿出了那张有外公书桌的老照片。

“原来如此，”他恍然大悟，然后将一把沙子扔在了井盖上，井盖上面出现了一条细细的线，“这个井盖不能搬开，我们必须转动它。它是一个密码锁。快来帮我。”

威廉还记得他曾经在外公的书桌上看到的那个顺序，他希望自己没有弄错，因为他们现在已经没有时间了。

威廉握住手柄，然后说：“向左。”

伊斯亚按照他说的做了，然后井盖令人惊讶地动了起来。而且它动得很轻松，就像在轴承上的滚珠一般灵活。当第一个符号被对齐的时候，井盖发出了低沉的响声。

很快，他们两人将井盖来回转动，将所有的符号都按照顺序摆对了。现在只剩下最后一个符号。他们完成了最后一步。这时，井盖“咔嚓”地倾斜了下去。一股烟从下面冒了出来。威廉用外套挡住自己的嘴，然后朝井下看去。一架有些生锈的金属梯子通向了看不见的黑暗里。

威廉用有些害怕的声音说：“我们下去吧。”他感到自己全身都在抗拒这个决定。但是他们现在没有别的选择。

伊斯亚说：“我们得快点。”说完，她颤抖的手指向远处的黑暗里。

现在，威廉也看到了。他看到老妇人正沿着铁轨朝着他们跑来。她不再是一个老人的样子。她一下子变成了那两个司机。

这一刻，威廉觉得自己的心脏几乎停止了跳动。他现在必须开始行动。他抓住伊斯亚的手，拉着她来到洞口。

他说：“快下去。”

伊斯亚咬紧牙关，然后迈开腿踩上了第一个台阶。她下到井里消失在了黑暗里。

紧接着，威廉也跟着她来到下面，他看到自己的球还在前面的墙边飘动。于是他跳起来一把抓住他的球，然后重新爬了下去。他将井盖在自己身后关上。

在他关上井盖的最后一刻，看到了那两个司机冲向了他。

第三十五章

威廉低声呼唤着："伊斯亚。"他静静地听。

他现在身处黑暗，他唯一能听到的声音就是那两个司机在他们上方重重地敲击井盖的声音。如果他们不知道这个密码的话，肯定要花上很长的时间才能下来。

他又叫了一声："伊斯亚？"

没有回应。

威廉不得不在黑暗中独自摸索。砾石和沙子在他的脚下咔嚓作响。他的手碰到了一面石头墙。然后他沿着这面墙又来到了另一面墙的跟前。

威廉没有继续前进，因为他忽然感到一种莫名的恐慌。

他很不喜欢狭窄的空间。他的呼吸变得越来越急促。这里的空气比之前隧道里的还要糟糕。

他又试着喊了一声："伊斯亚，你在哪儿？"

这时，他听到从某处传来了回应："我在这里，上面。这里有一个台阶！"

于是，威廉继续摸索着前进，找到了那个台阶，开始往上走。

他看到上面有一束淡淡的蓝光。

伊斯亚站在上面，用手摸着一块石头。

她似乎有些痴迷地说："它不漂亮吗？"

威廉来到她旁边，站在那里看着这面闪烁着微弱的蓝色光芒的墙壁。他曾经见过这种光。

就和斯拉普顿带他去研究所里的那间地下室里看到的一样。这时，他感觉自己的身体开始轻颤。看来，外公和那扇铁门离他们不远了。

伊斯亚指着一根挂在房顶上的电线说："你看那里。"

威廉靠近了一些："那是一盏灯吗？"这蓝色的灯带可以给他们充足的光线，让他们能够刚好看清周围的环境。

伊斯亚说："或许这里也有灯的开关？"

威廉开始寻找它。他能够听到远处的那个井盖还在发出雷鸣般的响声，他们还在继续敲打它。

威廉说："我们现在没有时间。"

这时，伊斯亚说："找到了。"

随着"咔"的一声，她拉开一个电灯开关，天花板上唯一的一盏灯亮了。

威廉这才看清他们周围的环境。

他们现在身处一个未完成施工的隧道里。旧木梁横躺在崎岖的小径上。周围的岩壁上还挂着几把生锈的铁锹。

隧道的终点已经塌陷了，那里堆满了大石块。

威廉小声说："就是这里。"

伊斯亚不解："是什么？"

他们的去路被一个巨大黄铜板似的东西挡住了。它嵌在岩壁上。威廉走到她身边，用手抹掉上面的灰尘，但是在他读出上面写的字时，他的后背一下子凉了。上面写着："纪念遇难者"。

伊斯亚小声问："有人死在这里了？"

威廉说："是的。"

伊斯亚往后退了一步说："这里好冷。"

威廉环顾四周，他在想，那扇铁门在哪儿？这是一个看起来很普通的没有完工的隧道而已。这时，他的注意力重新回到了那块巨大的黄铜板上。为什么这块板子那么大，但是上面却只有一句话呢？

威廉用手抚摸着板子的边缘。他摸到了一个冰冷的开关。这是一个能够开启什么东西的装置。于是，他将两根手指伸进去，扳开了它。黄铜板动了。

原来，这块板子是一扇小小的门。随着生锈链条发出的嘎吱声，威廉将它推开了。在他们面前的岩壁上出现了一个入口，大小刚好足够一个人爬进去。

第三十六章

威廉和伊斯亚都睁大了眼睛盯着面前的东西，吃惊得说不出话来。

最后，伊斯亚有些犹豫地先开口："这……这里面是什么？"

威廉说："一个通道。"

在他们面前出现了威廉从未见过的最美丽的东西。他们现在在一个巨大洞穴里，周围的岩壁发出了似乎脉动着的蓝色的强烈亮光。洞穴的中间有一扇硕大无比的铁门，铁门旁边有一堆空木箱。木箱上面印着"炸药"的字样。威廉猜想，这里肯定被炸弹炸过，而且就是为了炸开这扇门。

于是，他走近了一些，想要看清楚。

这扇门上刻满了符号。这就是外公曾经破译出来的密码吧。它们解释了骇金是多么危险的一种存在。

也就是在这里，亚伯拉罕·塔利在一百五十多年前发现了第一块骇金。或许外公现在也在这里。

威廉拿出了自己的球。

他对它说："请告诉我接下来该怎么做。"

他闭上眼睛，开始集中精神。他想要唤起那种共振的感觉，但是什么都没有发生。

他又重复了一遍刚刚说的话："请告诉我该怎么做，拜托了。"

他能听到伊斯亚对他说："你在等待什么？"

他咬紧牙关地说："我在尝试，我在尝试……"

他站在原地等待着。

但是，依旧毫无反应。

威廉慌了。难道在现在这个最需要他发挥自己的能力的时候，他的能力却消失了吗？

威廉不知道是不是因为他之前疲劳过度，还是因为他刚刚得知了自己其实和想象中的不一样。一瞬间，他感到自己浑身无力。

现在，他该如何解决当下的问题？他只能依靠自己了。为什么那天在博物馆里，他不能控制好自己不去碰那个"无人能解之谜"呢？如果他不去乱碰那个东西，那么后来的一切就都不会发生。他应该听父母的话的。如果听了他们的话，他现在就应该还坐在自己的房间里，破解那些不会带来危险、无伤大雅的密码。可是这一切还是发生了。爸爸说得对，他应该远离密码的。可是现在说这些已经太迟了。一切都改变了。

这时，他突然意识到了自己应该做什么。他必须接受现实，因为现在已经没有退路可走了。

他在心中对自己说：我是骇金……我是骇金……我的身体中人类的部分比金属的部分要多百分之二。

他听到伊斯亚在远处什么地方开口说："他们正在穿墙进来……"

但是威廉没有回应她。他现在无法睁开双眼。他能够感觉到自己的胃里正在翻滚。这一次的感觉比以往任何一次都要强烈。很快，他的整个脊椎都开始震颤，他感觉自己的身体在剧烈地摇晃。共振的感觉传遍了他的双臂和双手，而他的手指开始以一种疯狂的速度运动。他的球在手中飞速翻转，里面发出了"咔咔咔"的响声。

突然，他睁开了双眼，他简直无法相信眼前看到的一切。那扇铁门上的符号都变成了蓝色的脉冲信号，其中一些从门上浮起，开始朝他飘浮过来。然后，它们又形成了新的组合。他已经可以辨认出其中的很多内容。这些符号中的一部分就是他曾经在外公的书桌上看到过的内容，另外一些则被刻在了他的球上。他手指的动作越来越快。现在，他已经完全明白这些符号的意思了，就好像是他在一瞬间掌握了一种古老的语言。虽然他还没来得及解读，但是他突然就明白了骇金到底是什么。还有人们可以如何利用它来做好事，或是做坏事。他也明白了亚伯拉罕为什么会如此渴望它。他还了解了自己的身体隐藏着怎样的力量。这一刻，他感到快乐和恐惧同时充斥在心中。

最后，共振感消失了，他的手指也停止了动作。球从他手中飞出，飘进了那扇铁门中心的一个洞里。

他听到伊斯亚在欢呼着："你成功了！"

接下来，那扇大门被缓缓地开启了。威廉向后退了几步。他站在那里，睁大了双眼紧盯着大门慢慢打开。

第三十七章

接下来发生的一切都好像是在梦里。迷雾中的景象和声音，仿佛来自很遥远的地方。明亮的蓝色光芒，还有大叫着的伊斯亚。那扇门在他们身后重新关闭了。

“威廉？威廉！你能听到我说话吗，威廉？”

威廉感到有一阵睡意袭来，他实在是太累了，需要休息一会儿。他感觉自己已经被最后一次的密码破译带走了全部的力量。

伊斯亚大喊：“你快醒醒！”

这时，他感觉好一些了。眼前的景象变得清楚了起来，思路也清晰了起来。

他结结巴巴地说：“我感觉好多了。”

然后，他试图站起来，但依然感到十分晕眩。他看了看周围，说：“我们现在在哪儿？”

伊斯亚站起来说：“我也想问这个问题。这里是用来做什么的？”

威廉问：“那两个司机呢？”

她指了指铁门，然后说：“他们就在门后。在他们抓住我们之前，这扇门将他们挡在了门外。”

威廉站直身体，靠在伊斯亚身上。他瞥了一眼周围，看到了自己的球正飘浮在一旁的空中。

他对自己说：“成功了。”

然后，他突然想起了一件事：“你看到那只甲壳虫了吗？它有没有跟上我们？”

伊斯亚指着不远处说：“它在那里不见了。”

威廉转过身，看到了一个很大的大厅。大厅的一侧停着一排潜水艇。潜水艇的后面还有很多辆卡车、坦克和军用摩托车。

伊斯亚说：“这些都是什么？是一个军队吗？”

威廉往前走了几步后，说：“看起来是‘二战’留下来的。”

她问：“你觉得还有其他人知道这个地方吗？”

威廉说：“研究所知道这里，还有亚伯拉罕·塔利吧。但是我不认为他们能够进入这里。为什么这个旧房间里放着这么多‘二战’时期的装备？”

威廉站在原地思考着。难道高夫曼和斯拉普顿都骗了他？难道他们不知道这些？

伊斯亚说：“这里为什么会有这么多的潜水艇？这里并没有水啊。”

威廉说："我也不知道。"

他走到一艘潜艇旁边，用手指抚摸着金属的船体，并敲了敲它。

伊斯亚看着他们身后的那扇巨大的门说："你觉得我们待在这里安全吗？"

威廉指着那扇门旁边的一个看起来像矛一样的东西，说："只要我们不把门打开就行。我觉得那看起来像是能把门从里面打开的装置。"

然后，他又环顾了一下四周，接着说："我现在只希望这里面没有什么需要我们担心的东西。我们走吧。"

他们继续往前走，来到数辆军用卡车的前面。

伊斯亚问："你觉得你外公是不是在这里？"

"他是这么告诉我的，我现在只能找找看。现在，我们需要寻找七号。"

他们停在了一面红色的装甲门前。

那扇门上面写着：低温实验室。

伊斯亚小声说："低温……肯定是这里。"

威廉把手放在门把手上，然后说："锁上了。"

他又看了看周围，发现了一辆停在不远处的坦克。

伊斯亚问："你以前开过这种东西吗？"

他鼓起勇气说："试一试就知道会不会了。"

威廉将手指放在仪表盘上，把食指放在一个按钮上。

然后他按下按钮，说："有时候，你必须相信自己的直觉，跟着感觉走。"

伊斯亚被吓了一跳，向座位后面倒去。

威廉说："对不起。"

他的手指继续在仪表盘上移动，然后按下了一个按钮。

于是，这辆坦克车强大的发动机开始运转，发出巨大的轰鸣声。

威廉用双手握住方向盘，并将脚踩在了油门上。

坦克开始移动。

伊斯亚在座位上坐好，然后对威廉说："小心点。"

威廉将控制手柄转到一边，然后坦克开始转动，它的大炮正对着那扇红色的门。

坦克发出了声巨响，是炸弹爆炸的声音。

然后，一切恢复了平静。威廉打开舱顶，他和伊斯亚探出头向外看。

威廉睁大了双眼，说："哇。"

伊斯亚微笑着。

那扇红色的装甲门不见了，现在只有一个烟雾弥漫的黑洞。

第三十八章

威廉说："这里没有人。"

伊斯亚跟了进来。

他们面前有十排巨大的箱子。这些箱子有天花板那么高，上面标注着数字一到十。

伊斯亚问："这是什么人建造的？"

威廉没有回应她。他走向了标有数字七的箱子，用手抹掉了一个小仪表盘显示屏上的灰尘。

他读出了上面的数字："零下一百九十六。"

伊斯亚问："这是什么意思？"她指着另外一个箱子的仪表盘。

上面有一个红色灯在发出警告性的闪光。威廉走过去看。

他对伊斯亚不安地说："这是零下九十八。它正在变化。"

"这个箱子有问题。它看起来像是保存着什么正在融化的东西。"

威廉又看了一眼显示屏。零下五十八度。这时，箱子开始散发出一股酸味。

伊斯亚向后退了一步说："这里有危险。"

威廉说："这要取决于里面是什么东西。肯定是刚刚的爆炸触发了它。"

他们两人站在那里盯着显示器上的指针不断变化。当仪表的指针达到零度的时候，巨大的箱子忽然恢复了平静。

他们屏息等待。

伊斯亚松了一口，说："看来没事儿了。"

然而，箱子突然一分为二。灰色的烟雾从里面冒了出来。

威廉和伊斯亚连忙向后退，他们盯着向他们袭来的滚滚浓烟。

她说："我不喜欢这种情况。"

威廉也不喜欢。他的手臂在颤抖，他抬起胳膊，指着在向他们移动的什么东西。

是的，有什么东西从这股浓烟中走了出来。

它很大。

威廉大喊了一声："快跑！"然后他就拉着伊斯亚开始狂奔。

他们跳出了这个地方，朝着坦克的方向跑去。

他们身后的墙壁被炸开了，出现了一大股烟雾和尘埃。

一个巨型机器人走了出来，张望着四周。在机器人的身体上，有一个看起来像野猪一样的头，上面张着血红色的眼睛，还有长长的獠牙。它有路边灯柱那么高。机器人一看到威廉和伊斯亚，就发出了震耳欲聋的嘶吼，然后朝着他们冲过来，它的脚步引起了地面的震动。

威廉说："我们得逃跑。"

伊斯亚指着什么东西大喊："快看！"

威廉看到了那只小甲壳虫，它忽然出现在他们身边，然后冲向了那个野猪机器人，最后停在了它面前。

伊斯亚害怕地问："它在做什么？"

威廉说："我也不知道。"

野猪机器人停了下来，它盯着小甲壳虫，然后看到小甲壳虫开始发生变化，经过一系列的机械变形，它竟然变成了一个看起来像人类一样的机器人。它有身体、双臂和双腿，但是唯一不同的，就是它的头还是甲壳虫的样子，上面还有来回摆动的触角。

变身完成后，它竟然和野猪机器人几乎一样大。它站直身体，面对着野猪机器人，开始发动猛烈的攻击。野猪机器人从后面轻松地举起了一辆坦克，就像拿起了一个足球似的将它砸向甲壳虫机器人。但是甲壳虫机器人躲开了。然后，它又用它砸向了野猪机器人的腿，它被击中了！

伊斯亚欢呼起来："它救了我们！"

但是威廉没有一起欢呼。他觉得这个甲壳虫机器人看起来很熟悉。他听到过它在移动中发出的声音。

伊斯亚看到了威廉的表情，问："你怎么了？"

这时，甲壳虫机器人转过身看着他们。

威廉开始向后退，然后说："一切还没有结束。"

"它就是它。"

伊斯亚问："是谁？"

威廉小声地说："它是亚伯拉罕的机器人。这个甲壳虫机器人。"他一边说，一边爬上了坦克，然后伸出手让伊斯亚抓住爬上来。坦克的舱门还开着。

甲壳虫机器人开始朝他们走来。它每迈出一步，都会在这大厅里发出巨大的响声。

威廉对伊斯亚大喊："你先进去。"于是，伊斯亚跳入了舱门，然后威廉紧接着也跳了进去，马上关上舱门，正好赶在甲壳虫机器人的手臂砸在坦克上之前。伊斯亚吓得大叫起来，双臂慌乱地在空中乱舞。坦克被击中带来的震动让威廉有些耳鸣。他的脑袋被狠狠地撞了一下。但是，他马上爬起来坐好，透过窗户盯着外面的甲壳虫机器人。它正在继续朝他们走过来。

威廉坐上座位后，大叫："它又开始攻击了！"

话音刚落，他们就被甲壳虫机器人推动砸向了岩壁。

威廉紧张地看了看旁边：“伊斯亚？”

他看到伊斯亚被震落下了座位。他马上爬过去摇晃她。

威廉焦急地大喊：“伊斯亚？伊斯亚！”他小心地将她翻过身来。

但是她没有反应。

接着，他们的坦克又被举了起来。威廉立刻扑到伊斯亚的身上紧紧护住她。但是接下来什么都没有发生。

威廉睁开眼睛看了看周围，他发现有一双明亮的眼睛正在通过窗户看着他。

威廉立刻爬向另外一面窗户，向外看去。他发现他们的坦克被甲壳虫机器人举在手中。威廉知道他们无法经受住再一次的攻击了。他现在必须要做点什么。

于是，他一把抓住操纵杆，然后将它转向一边。于是，坦克的上半部分转向了甲壳虫机器人。

接着，他感到整个坦克还在被继续举高。甲壳虫机器人马上就要把他们扔下去了。

威廉立刻冲向控制面板，按下了一个红色的按钮。然后，外面发出了一声巨大的响声，发生了爆炸。甲壳虫机器人摇摇晃晃地摔倒在地。坦克也掉落在了地上。

威廉躺在坦克里静静地听着周围的声音。他什么都听不到。

于是，他爬起来向窗外看去。他什么都看不见。

威廉重新冲回伊斯亚身边大喊：“伊斯亚！”

他把耳朵放在伊斯亚的嘴巴附近听。她还有呼吸吗？

“伊斯亚，你能听见我说话吗？”

毫无反应。

“伊斯亚！”

第三十九章

伊斯亚可怜地说："我觉得我的腿断了。"

她躺在地面上，旁边是一艘巨大的潜艇。威廉在一辆卡车中找到了一个很旧的垫子。他把自己的外套脱下来，叠起来，小心地垫在她的头下。

甲壳虫机器人在不远处，看起来已经没有了任何反应。它体内的电子线路被炸碎了，一股蓝色的烟从它的体内冒出，升入了空中，飘到了天花板上。

伊斯亚看着甲壳虫机器人，问："还有更多的甲壳虫机器人吗？"

威廉说："我不知道。但是我只见过这一只甲壳虫。"

伊斯亚问："在更多这种东西被解冻冲出来之前，快去找你的外公吧。我在这里等你。"

威廉问："你确定吗？你可以吗？"

她努力地挤出了一个微笑，对他说："是的，如果遇到危险，我会大叫的。"

威廉看了一下那些显示屏。所有的指针都显示着零下一百九十六度。他走到一个标有数字七的箱子前，看了看，上面也显示着零下一百九十六度，而且一点都没有要变化的迹象。上面也没有任何的按钮。

威廉想，该怎么让它解冻呢？外公没有告诉过他。

这时，他看到了周围墙上的一个火警装置，就在门边上。那里有一把小金属锤。威廉看了看天花板，上面有喷头。但是，里面还有水吗？如果他触发了火警装置，这些喷头是否会喷出水将这些箱子都解冻呢？

外公的身体比其他的机器人都要小得多，因此，他肯定会比它们更快地解冻。威廉举起了那把小锤子，用它使劲地砸向了报警装置的玻璃。

火警铃声响起。铃声一开始从大厅中发出，然后传到了这里，非常响亮。威廉用手捂住自己的耳朵，抬头看着天花板。

但是没有任何水会喷下来的迹象。

他赶忙跑到七号箱子那里，检查上面的显示屏。上面依然显示着零下一百九十六度。

威廉又看了看其他的显示屏。没有任何变化。

这时，一股散发着铁锈味的水突然从天而降。

威廉赶忙将自己的夹克脱下来，罩在头顶。然后他注意到一些屏幕上开始闪烁起红色的信号灯。它们一个接一个地亮了起来。最后，所有的箱子上的红色警报灯都亮了。

威廉现在感到害怕极了。他马上就要把这里的八个巨大的机器人唤醒了。而且，他不确定自己是否能够先将外公唤醒。因为他根本就不确定外公是否在这个箱子里。他觉得自己快要哭出来了。

他扯着嗓子大喊："外公!"然后使劲踢了一下七号箱子。

然后，他弯腰看了看上面的指针，已经变成了三十度。这时，一个巨大的身影从另外一个箱子里出来了。已经来不及了。他抬起头，正好看到一个巨大的机器人朝他猛烈袭来。威廉马上就要被它的巨型黑色机械手臂击中了，然后他眼前一黑，忽然失去了意识。

发生了什么？我在哪儿？

威廉坐起来，感觉自己的脑袋快要炸裂了。

他浑身湿乎乎的，而且觉得很冷。

一个人在叫他的名字："威廉。"

威廉睁开眼睛，觉得光线太刺眼，于是又闭上了眼睛。

那个人继续叫他："威廉，你必须醒过来。"

"外公？"

威廉眨了眨眼睛，他看到自己面前站着一个人。

那个人继续说："小心，你刚刚被击中了。"

威廉摸了摸自己的头。

“来，把手给我。”

威廉抬起胳膊，他感到有人拉住了他的手，帮助他坐好。

“很好，非常不错。现在，慢慢地往后靠。”

威廉向后靠去，他感到自己的后背贴在了墙上。他现在视力恢复了一些。他看到了一双慈祥的眼睛。一头灰白的头发，还有灰白的胡子。

“外公?”

外公说：“是的，是我。”

威廉激动得说不出话来，他立刻像个小孩子一样抱住了外公。是的，他感到了真实的身体，不再是影像。他终于找到了他。他终于找到了外公!

第四十章

威廉看到另外一个巨大的野猪机器人时，吓了一跳。这个野猪机器人静静地用冰冷的双眼盯着威廉。它的一只手里还举着，准备战斗。

外公说："放心，它现在没有被激活。"

"没有被激活？"

"它们的身上都有开关。"

威廉说："开关。"他看到了其他箱子。

外公拍了拍七号箱子，然后说："我在它们被唤醒之前最先被解冻了，然后我就把它们都重新冷冻了起来。"

这时，外面的大厅里传来了低沉的轰鸣声。他们转过身，看到那扇铁门被重新打开了。是的，威廉很熟悉那个轰鸣声，那就是那扇门开启时会发出的声音。有人把它打开了。

外公大声问："还有其他人在这里吗？"

威廉说："伊斯亚。"

外公疑惑地问："伊斯亚是谁？"

威廉说："是我在研究所认识的一个女孩。"

外公有些生气地说："你把研究所的人带到这来了？"

威廉说："是的，她帮了我很多忙。"

外公立刻冲向了威廉之前炸开的那个洞。

威廉在他身后大喊："等等，她还在那一边。"他的腿还不太灵活。

外公说："我不这么认为。"然后他指了指那个通往大厅里的通道。

一个人影站在那个通道的入口处，好像在等待着什么。是伊斯亚。威廉吃了一惊。她在那里做什么？她把那扇铁门重新打开了吗？

外公对威廉大喊："快过来。"

威廉想要说："但是——"但他的话还没有说完就被外公打断了。

外公手："快点！我们没有时间了。"然后他走向了这个房间另外一头的一个控制面板。

"我们必须在他们到这里之前送你离开。"

他又跑向那个野猪机器人，按下了它背后的一个按钮，然后后退了几步。

威廉也后退了几步。野猪机器人的脑袋动了一下，睁开了眼睛，它看着外公，做出了一个看起来像是微笑的表情。

外公指着大厅的方向说："去那里，抓住他们！"

威廉大叫着："不！等一等！伊斯亚还在那里！"

但是外公没有听他的。野猪机器人咆哮了一声后就冲进了大厅。

外公说："它只能阻挡他们很短的时间。"

然后，他重新走回控制面板前，按下了几个按钮。房间的墙壁开始震动。

威廉问："发生什么了？"

外公说："这是全世界最安全的地方。"

"大厅里将很快被水灌满，他们就抓不住我们了。"

威廉不敢相信这一切。外公是不是出问题了？

还是他一直都这么疯狂？威廉觉得他面前的这个人不是他熟悉的外公。他觉得他的身体里是一个完全陌生的人。

外公走入房间里面，那里还有一扇门，然后说："我们现在要打开这扇门。"

威廉问："那是出口吗？"

"不。这是一条通往深处的路。"

这时，他们听到了远处传来的声音。

外公说："他们正在接近我们。"他从外套的口袋中拿出了一个看起来像是手枪似的东西，并对准了门口。这时，一个如同网球一样大小的蓝色光球突然飞到了空中，撞击在墙上，浓密的灰尘立刻充满了这个房间。

威廉大喊："外公？"

外公在灰尘中的某处高声说："这里。"

威廉将夹克堵在鼻子上，跌跌撞撞地走进了墙上的那个大洞。威廉觉得很难受，在黑暗中重重地摔了一跤。

他试图爬起来，但是脑袋实在是太晕了，所以怎么都爬不起来。

这时，他感觉到自己被举起来扛到了肩膀上。

威廉慌张地问："我们要去哪儿？"

"我要把你带到下面安全的地方去。野猪机器人会把他们挡住一会儿。"

威廉一边咳嗽一边说："为什么要这样？"

"你现在能自己站住吗？你不晕吗？"

威廉说："没有关系。"

于是，外公又按了一下墙壁上的一个按钮。

威廉被重新放到地上，他吃惊地看着眼前的东西。他们俩现在正站在岩壁上的一个旧铁架上。

威廉注意到有很多水在从岩壁上的洞里流出。

他刚想说"这是……"，身后黑暗中的一声巨响打断了他的话。

外公拉住威廉，然后带着他从生锈的金属楼梯向下跑。

他们跑的过程中，整个楼梯都在摇晃。跑下最后一个台阶时，外公一脚踢开楼梯，楼梯一下子落入了下面的深渊。

威廉问："我们该怎么上去啊？"他低头看了看，脚下的水正在不断升高，已经达到了他的膝盖处。

"我们不需要上去。"

这时，一个人在上面大叫："威廉！"

威廉抬头看了一眼，他看到了弗里茨·高夫曼正在铁架子上朝下看。

高夫曼大喊着："快跑！他不是……"

外公说："威廉，别听他的。不过，现在反正已经太迟了。"

威廉转过身看着外公。

"你是什么意思？"

外公没有回答。他只是直直的盯着威廉。他的眼神中突然闪现了危险的意味。好像有什么东西在他体内。某种黑暗的东西。威廉一下子慌了。他试图让自己冷静下来。

威廉说："你不是外公。"

面前的老人笑了。

"花了不少时间你才反应过来。看来我应该得奥斯卡奖了。”

威廉问：“你是谁？”

他说：“你不知道我等这一刻等了多久了。”

威廉紧张地问：“亚伯拉罕？”

说完，他浑身都冻结住了。

高夫曼还在上面大喊：“威廉，快跑！快跑！”

威廉站在那里，盯着老人说：“但是……”

这时，老人的身体开始发生变化，一点点地变老。他的皮肤变得更加苍白。不一会儿，他全身都变成了雪白色。

亚伯拉罕说：“你的外公很狡猾，他把我冷冻起来了。但是他没有想到我会比他更先解冻恢复。这是拥有骇金的好处之一。”

伊斯亚也在上方大喊：“威廉，快跑！”但是现在威廉动弹不得。他的身体好像被冻成了冰块。亚伯拉罕的眼神变了。

威廉问：“我外公在哪儿？”

亚伯拉罕说：“他还在上面的箱子里。马上就要升天了。你知道该如何将骇金从人体中取出吗？”他的声音开始颤抖。

威廉咽了一口口水，身体动了一下，连忙向后退了一步。

“当人的身体死亡之后，骇金就会本能地寻找到一个新的‘寄主’。它会离开之前的身体。而最好的办法就是掐死之前的寄主。”亚伯拉罕一边说，一边向威廉伸出双手，“我现在要做的就是掐死你……然后骇金就会自动来到我这里了。”

伊斯亚撕心裂肺地大喊：“快跑！”这一次，威廉的身体恢复了过来。出于求生的本能，威廉开始狂奔。

亚伯拉罕在他身后大喊：“这是没有用的！”

他很难跑得快，因为有水的阻力。但是威廉只能拼命地往前走，他不想放弃。他匆忙地抬头看了一眼，看到伊斯亚和其他人还在他上方。

威廉奋力地在水中跋涉。很快，水就上升到了他脖子的高度。他努力爬上了一个小岛，然后躺在上面大口地喘气。他已经筋疲力尽了。

突然，他听到了亚伯拉罕的声音：“威廉！”

他就在威廉的正上方。威廉坐起来盯着他。他的皮肤好像脱离了他的身体，像一张纸似的挂在上面。而且他的头上一个头发都没有，毛孔中则在闪光。

看起来，亚伯拉罕马上就要得到他梦寐以求的东西了——外公为了拯救他的外孙而不惜偷盗获得的骇金。亚伯拉罕需要它才能继续活下去。

亚伯拉罕走到威廉面前，将一只脚重重地踩在威廉的肚子上。威廉觉得自己快要不能呼吸了。

他挣扎着说："请……不……要……"但是并没有什么用。

亚伯拉罕虽然已经很老了，但是身体却异常强壮。

威廉只能眼睁睁地看着他将手伸向自己的脖子，把手指在自己的脖子上收紧。

这时，一种不知从哪儿冒出来的力量忽然涌现。威廉的脑海中突然出现了之前见过的那株蛇形植物。当时，他也差一点就被勒死了。是他的球救了自己的命。威廉用尽全身最后一点力气伸手从口袋里拿出了自己的球。

他心中默念着：请帮助我。

他的球好像读懂了他的心思一般，一下子飞到空中，然后重重地砸到了亚伯拉罕的头上。

亚伯拉罕愤怒地说："滚开！"他挥舞着一只手想要赶走那个球，另外一只手还掐在威廉的脖子上。

球继续攻击着亚伯拉罕，但威廉依然感觉到自己身体在渐渐失去力量。一切都太迟了。他在失去意识之前看到的最后一幕是莱卡冲过来用牙齿咬住了亚伯拉罕的脖子。

第四十一章

威廉再次睁开眼睛。

他现在躺在一张病床上，身上插满了各种电线，它们都连接在旁边的各种机器上。

每当自己的心脏跳动一下，他就会听到床边的机器嘀嗒响一声。一个透明的袋子被挂在床边的一个架子上。还有一根管子连着那个袋子，管子的一头插进了他一只手背上。他想要吞咽口水，但是嗓子疼极了。他现在很渴。

威廉慢慢适应了这里的光线，然后开始观察这个房间。

房间里不止他一个人。

一个人的身影出现在远处的窗边。他看不清那是谁。因为阳光很强。

他说："我口渴……"

他一开口，觉得嗓子很疼。他忍不住咳嗽起来。

那个人转过来看着他。

"威廉，你醒了！"

威廉想，是伊斯亚吗？

她走到威廉的床边，高兴地看着他。

她说：“你已经昏迷了一个星期了。你现在觉得怎么样？”

威廉说：“渴……”然后他又一次剧烈地咳嗽起来。

“当然了。”说完，伊斯亚赶忙走到一旁的水槽那里。

她走回床边，给威廉端来了一杯水。威廉把头从枕头上抬起来，喝了一口。

他说：“我的头很疼。”

伊斯亚拉了一下他床边的一根红绳子。

威廉问：“我现在在哪儿？”

伊斯亚说：“在研究所里。”

“我没有死？”

伊斯亚严肃地看着他：“是的，但是你的身体和以前不同了。因为亚伯拉罕差一点就把骇金从你的体内取走了。”

威廉说：“骇金，你怎么知道我的身体里有骇金……”一切都好像是一场遥远的噩梦。

她微笑着说：“是的，我知道了。但是你和这里其他的机器不同。虽然你的体内有百分之四十九的部分不是人类。”

威廉勉强笑了一下。虽然不知道是什么原因，但是听到伊斯亚这么说，他还是觉得很开心。两个人互相注视着彼此，没有说话。

威廉问：“但是，后来……外公……亚伯拉罕……他们都怎么样了？”

伊斯亚说：“你的球和莱卡抓住了亚伯拉罕。当时整个洞穴里都被灌满了水。我当时以为我们都会淹死在那里。”

“那我们是怎么逃出来的？”

她问：“你还记得那些潜艇吗？”

威廉点点头。

伊斯亚说：“我们进入了其中的一艘潜艇，水压将潜艇推出了墙壁。于是，几分钟后，我们就像一个鱼雷似的被射入了泰晤士河中。你真应该看看……嗯，你当时确实也在。”她忍不住笑了出来。“不过你当时失去了意识。”

威廉问：“我的外公呢？”

伊斯亚收齐了笑容。

“你外公在一个单独的地方，将要被解冻。我们不确定这样做是否有百分之百的把握，但是他们说他还是有可能会醒过来的。”

威廉说：“有可能？难道他有可能醒不过来？”

伊斯亚低下头说：“你需要和他们谈谈。”

威廉说：“我必须见到他。”他想要坐起来，但是却一下子倒在了床上。

威廉又问：“那亚伯拉罕呢？”

“他现在被重新冷冻起来了，他的冷冻箱在研究所的一个避难所中。我不知道你是否还能见到他。关于这件事，我也不是很清楚，但是高夫曼说骇金已经将他身体中最后一点的人性都全部吸走了。”

威廉惊恐地问：“他变成了不死之身？”

“是的，可以这么说吧。但是他已经没有多少‘生命’了，所以就被永远冷冻了起来。”

伊斯亚迟疑了一下，接着说：“我必须告诉你一件事。”

“什么？”

“就是我在档案室里找到的那份文件夹。我没有告诉你关于里面的内容是有原因的。我发现我的任务是……”

威廉问：“是什么？”

伊斯亚停顿了一下，接着说：“是你。”

威廉不明白：“我？”

伊斯亚说：“是的，我的任务就是密切地关注你的一举一动，以防有什么事情发生。而后来确实出事了。”

威廉躺在床上盯着伊斯亚。

他说：“这也是你在伦敦找到我的原因。”

她说：“是的。不能告诉你真实的原因让我感到非常抱歉。因为事关重大，所以必须有人和你一起下到那个隧道中去。”伊斯亚的声音听上去很惭愧。

威廉握住她的手说：“我明白。”

这时，他的房门被打开了，斯拉普顿冲了进来。

他上气不接下气地说：“威廉！”

斯拉普顿站在那里看着威廉，大口地喘着气说：“嗯，我，嗯……”

然后，又有人进来了，是弗里茨·高夫曼。

他走到了斯拉普顿身边。

他说：“你醒了。”

威廉说：“是的。”

高夫曼说：“我，嗯……我。”他还是没有说出要说的话。

伊斯亚微笑着说：“他们是想告诉你，他们很高兴看到你醒过来了。他们也对发生的一切感到非常抱歉。”

斯拉普顿和高夫曼听后满脸通红。

伊斯亚问：“难道不是吗？”

斯拉普顿说：“是的。”

高夫曼说：“是的。”

几天后，威廉坐在研究所的专属飞机中一张柔软的沙发里，他觉得浑身舒服极了。再过几个小时，他就可以回到挪威的家中，见到自己的爸爸妈妈了。

他感觉自己已经很久都没有见过他们了。

还有汉博格先生，还有他班上的同学们。发生了很多事情，他觉得一切都不同了。

这时，他听到了一个声音。于是，他抬起头，看到机舱的另一边站着一个人。他是……？

那个人微笑着说："放轻松，是的，这一次是真的我。"

威廉激动不已："外公……"

外公坐在那里看着他。

外公说："你长大了。"

威廉不知道应该说些什么："谢谢……"

外公笑了。

他说："上一次见到你，还是八年前，在医院里。你看起来已经好多了。我听说，你现在已经是一个很棒的破译者。"

威廉说："嗯，但我现在想从密码中暂时脱离出来一段时间。"

外公微笑地看着他，摸了摸自己的胡子。然后，他舒展胳膊，挠了挠后背。

"这是被冷冻了这么长时间的副作用，过一段时间就好了。"

威廉问："你现在要去哪儿？"

“和你一起回家。去和你的父母打个招呼。我还欠他们一个解释。之后，我会尽力说服他们让你明年回到研究所来。如果你愿意的话。”

第四十二章

爸爸在楼下大喊："吃早饭了！"

威廉依然趴在外公的书桌上继续着自己的工作。

他在用一个放大镜研究一个小螺丝，它看起来就像是一只小甲壳虫。

然后，妈妈又开始大喊："早饭好了！"

威廉回答："我下来了！"他放下了手中的螺丝刀，将小甲壳虫放进抽屉里，然后微微一笑。这只小甲壳虫和之前的那只不同，不过确实很像。威廉现在还不能让它走路，但是他有的是时间，肯定会成功的。

爸爸又喊了一次："威廉！"

他马上站起来，背上书包，然后跑出了房间。

楼下的厨房还是老样子，只不过没有了之前的书。

现在，这里有充足的空间了。爸爸和妈妈已经坐在了餐桌旁。

妈妈微笑着说："我做了松饼。即便是那些百分之四十九都是金属的人，也应该需要吃早饭吧。"

爸爸说："你别调侃他了。"

妈妈问：“重新开始上学了，你开心吗？”

威廉说：“不是很开心。”他拿起了一块松饼。然后，他咬了一口。这时，门外响起了汽车的喇叭声。

妈妈说：“肯定是他。他坚持要开车送你上学。你把手里的那块松饼带上吧。祝你好运！”

一辆闪亮的白色汽车停在大门口。

车门自动打开了，威廉跳上了这辆车。

外公看了一眼威廉手中的那一大块松饼后说：“松饼？我很喜欢松饼。”

威廉问：“你想吃吗？”

“不了，谢谢。我已经吃过了。”

威廉看了一眼前面坐着的两个司机。他还是没法喜欢这两个人。他们中的一个人把自己藏在后视镜旁边。

汽车发动了。

外公看着威廉说：“你觉得怎么样？”

威廉问：“什么怎么样？”

“不需要再继续生活在秘密中的感觉？”

“感觉很好。”

“那就好！”

“你和父母说过……说过关于研究所的事了吗？”

外公笑了笑，说：“是的，不过他们需要时间来接受，我相信他们最后会理解的。我会解决这个问题的。”

他们俩安静了一会儿。

外公最后说：“你会有一段时间见不到我。”

威廉问：“为什么？”他觉得很难受。

“我要进行一个短期旅行。”

“去哪儿？”

“中国西藏。”

威廉不明白：“中国西藏。你要去那里做什么？”

外公露出了狡黠的笑容，然后说：“去取一件东西。”

威廉问：“你要去多久？”

“不知道。可能要花几周的时间。也可能更久。看情况吧。”

外公微笑着对威廉说：“威廉，我为你感到骄傲。”

威廉说：“谢谢。”

这时，汽车停在了校门口。外公说：“那我们就以后再见吧。”

车门打开，威廉走下来车。

外公说：“你得快点了。看起来已经响过铃了。”

威廉站在车门外一动不动。

外公问：“威廉，你怎么了？”

威廉有些迟疑：“我在想一些事情。”

“什么?”

“真的没有其他人进入过那个地方？为什么那里放满了‘二战’时期的潜艇和坦克?”

外公笑了笑说：“这是一个好问题，威廉。我以后会告诉你的。但是你现在必须把这件事忘掉，专注在学习上。至少先放下一段时间，好吗?”

威廉关上车门说：“好的。”

他跑进校门，然后朝着外公的车挥了挥手。之后，那辆白色的劳斯莱斯就消失在了街道的拐角处。

威廉来到教室门口，班上所有的人都在盯着他。他看到了汉博格先生，然后停下自己的脚步。汉博格先生站在黑板旁，手中拿着一个破板擦。他盯着威廉看了很久。他好像在思考自己的措辞。

最后，他开口说：“好吧，你现在叫温顿了，威廉·温顿，对吗?”

威廉说：“是的。这就是我的名字。”

· 新书预告 ·

《威廉 · 温顿科幻系列 2：隐秘之门》（暂名）

《威廉 · 温顿科幻系列 3：失落之城》（暂名）

This translation has been published with the financial support of NORLA.